KB185253

미정의 상자

미정의 상자

정소연 소설집

래빗홀
RABBIT HOLE

✷ 차례

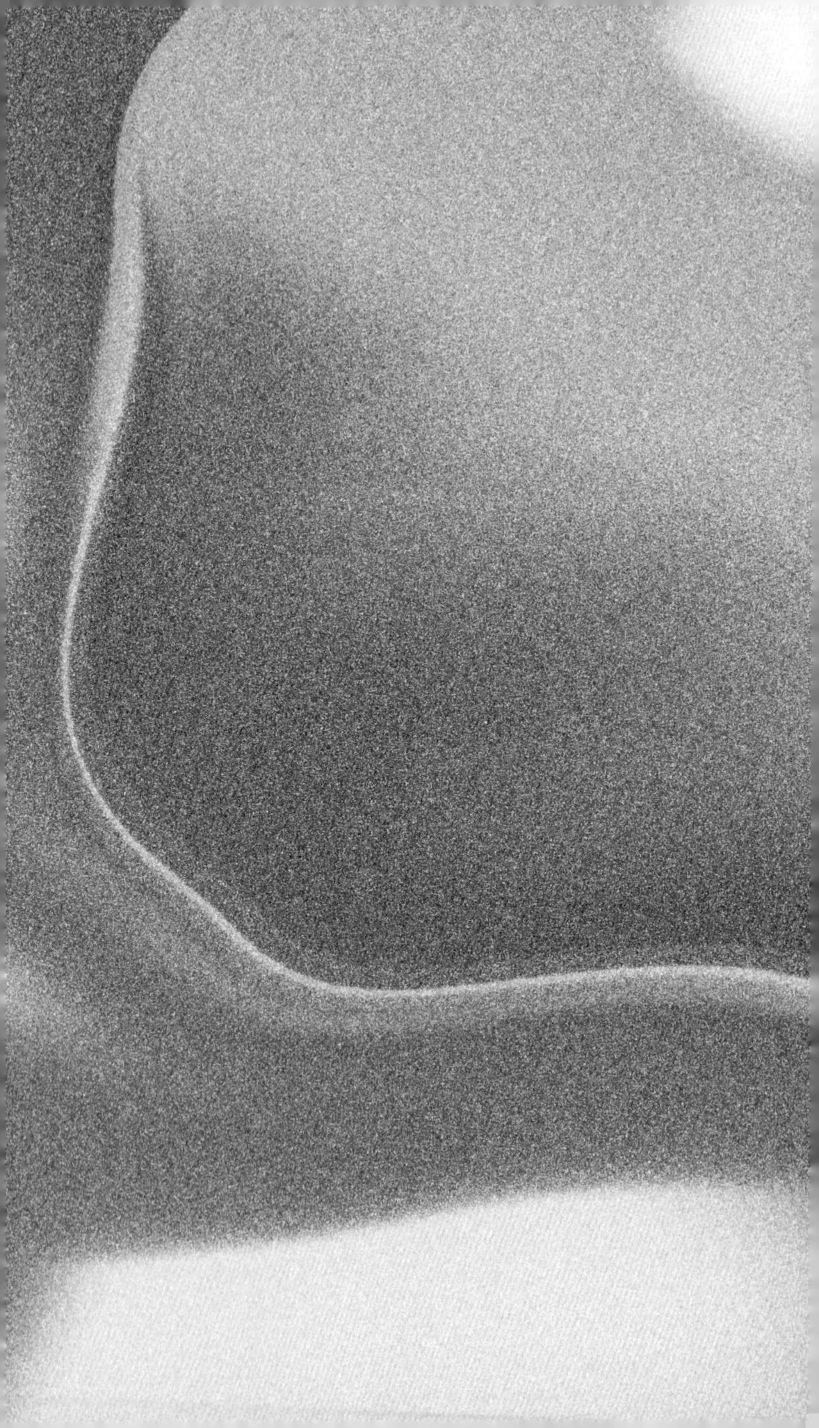

카두케우스 이야기

이사

"안 되겠어. 가두알로 가자."

엄마의 말에 가슴이 철렁 내려앉았다.

늦은 밤이었다. 지혜가 또 발작을 해서 아빠가 회사를 조퇴하고 병원에 가야 했던 날이었다. 학교에서는 체육 수업이 있던 날이었다. 학교에서 돌아와보니 엄마도 아빠도 동생도 없던 날이었다. 다음 달에 3구역에 있는 우주선 공장의 돔이 열리니, 새 우주선의 첫 비행을 보고 싶은 열세 살 이상 학생들은 보호자의 허락을 받아 오라는 가정 통신문을 손에 꼭 쥐고 집에 온 날이었다. 내가 태어난 지 13년 37일째 되는 날이었다.

저녁 시간이 지나서야 피곤한 얼굴로 집에 들어온 부모님은 조용히 부엌에 들어가 식탁 앞에 앉더니, 그대로 문을 닫았다. 나는 가정 통신문을 꺼내지 못했다. 이제 나도 열세 살이 된 지 37일이나 지났으니까 이번에는 우주선 견학을 드디어 갈 수 있다는 말도 하지 못했다.

지혜가 괜찮은지는 묻지 않았다. 지혜는 언제나 괜찮다. 부모님도 언제나 괜찮다. 회사에서 일하다가 갑자기 병원에 가거나 출장 중간에 돌아오거나 새벽에 지혜를 데리고 병원에 가야 해도 괜찮다. 그러니까 나는 이제 부모님에게 괜찮은지 묻지 않는다.

한 시간, 두 시간이 지나도 부모님은 부엌에서 나오지 않았다. 나는 문에 귀를 대고 새어 나오는 말을 조금이라도 들어보려 안간힘을 썼다. 드문드문 "이대로는", "지금을 놓치면", "결정을 해야", "조건" 같은 말이 새어 나왔다. 내 이름은 나오지 않았다. 못 들었을 뿐인지도 모른다. 잘 안 들렸으니까.

그렇지만 "가두알로 가자"라는 엄마의 말은 문에 딱 붙어 있느라 발갛게 아린 내 귀에도 똑똑히 들렸다. "가두알로 갈까?"나 "이사하지는 말자"가 아니었다. 이불이나 케이지 같은 다른 행성도 아니었다. 가두알이라고 했다.

물론, 나는 가두알이 어딘지 알고 있다. 부모님은 벌써 몇 번이나 이 이야기를 했다. 나한테 직접 하지는 않았지만, 나도 지리를 배우고 있고(그것도 열심히!) 그 정도 눈치는 있다. 가두알은 여기, 내가 태어나 13년 37일을 보낸 마키엔데 15섹터에서 아주 멀리 있다. 카두케우스 우주선을 타고 가도 몇 달은 걸리는 곳에 있다. 거기에는 다른 태양이 있고 그 태양에는 행성이 네 개 있는데, 가두알은 그중 두 번째 행성이다.

가두알은 나처럼 지리 공부를 열심히 하는 학생들이나 어디 있는지 아는 시골구석은 아니다. 오히려 유명한 의료 행성이다. 어떤 문제든, 본사의 원격 진료나 특별히 공수한 약으로도 고칠 수 없는 병에 걸렸어도, 가두알에 직접 가면 해결할 수 있다고 한다. 가질 못해서 그렇지.

누구에게나 그렇듯, 이사는 하고 싶다고 마음대로 할 수 있는 게 아니다. 게다가 항성계 간 이민은 더 어렵다. 아빠 엄마는 아주 오래전에 카두케우스와 약속을 했다. 여기에 평생 살면서 카두케우스가 정한 회사를 다니며 회사가 시키는 일을 하기로 했다고 한다. 그 대신에 부모님이 다니는 회사는 좋은 회사다. 내가 다니는 학교도 좋은 학교다. 우리 집도 좋은 집이다.

그렇지만 마키엔데 15섹터의 가장 멋진 점은 우주선을 만드는 행성이라는 것이다. 우주선은 중요하다. 전 세계를 이어주니까. 아무리 모니터가 있고 원격 통신이 있어도 세상을 잇는 것은 결국 우주선이고, 우리가 보는 자주색 하늘 너머에 있는 우주라는 것은 새까만 어둠이 아니라 우주선이 다니는 길이다. 이 멋진 말은 사실 내가 아니라, 마키엔데의 수도인 1섹터에 있는 '본사'에서 온 감독 선생님이 해주신 말씀이지만. 어쨌든 나는 항성계와 항성계 사이를 누비는 우주선을 상상하곤 한다. 가끔 우주선 공장에서 새 우주선이 만들어져 돔이 열리는 날이면, 우주선이 돔을 뒤로하고 우주선이 다니는 길로, 우주로 떠나는 흔적을 멀리서도 볼 수 있다. 아주 작은 점일 때도 있지만, 운이 좋아 가까이에 있는 공장에서 우주선이 출발하면 주먹만 하게 보일 때도 있다. 나는 이 행성에 13년 37일을 살면서 정말 작은 점까지 다 합치면 우주선을 스물네 번이나 봤다. 그리고 그 우주선을 모는 나를 상상하곤 했다. 그건 백 번도 더. 열세 살 전에는 위험해서 공장 견학을 못 가니까 아직까지 진짜 우주선을 만져본 적은 없지만.

가두알에 가면 지혜를 '고칠' 수 있을지도 모른다. 아니, 아마 고칠 수 있겠지. 엄마와 아빠가 가두알로 이민을 가겠다고 신청하면 카두케우스가 받아들여줄 것 같다. 엄마와 아빠가 하는 일은 가두알에서도 쓸모 있다는 얘기를 지나가는 말로 들은 적이 있다. 본사는 엄격하니까 꼭 필요한 사람을 꼭 필요한 장소에 보낼 때가 아니면 우주선을 태워주거나 이사를 시켜주지 않는다. 부모님이 가두알에 갈 수 있을 것 같다고 입 밖에 내어 말할 정도면 사실 이미 다 알아본 거다. 그러면 부모님은 카두케우스 우주선을 타고 가두알로 가고, 지혜를 치료하고, 그 대신 그때부터 평생 가두알에서 일하겠지. 나는 열세 살밖에 안 됐으니까 당연히 부모님을 따라가야 할 테고.

가두알이 있는 항성계에는 비행학교가 없다. 거기 있

는 행성 네 개는 모두 의료 행성이다.

우주비행사가 되려면 반드시 카두케우스 비행학교에 가야 한다.

물론 가두알에 산다고 비행학교를 절대 못 가는 건 아니다. 가두알에 가서 열심히 열심히 공부해서 1등을 하면 원격 시험을 칠 수 있을지도 모른다. 원격 시험에 합격하면 근처에 있는 다른 항성계에 보통 우주선을 타고 가서 또 시험을 치고, 또 시험을 치고, 그렇게 계속하면 다시 여기 수도 마키엔데로 돌아와 비행학교를 다닐 수 있을지도 모른다. 그리고 비행학교에서 또 열심히 공부하고 시험을 치고 또 치면 진짜 우주비행사가 되어 카두케우스 우주선을 몰 수 있을 것이다. 마키엔데에서 아주 먼 행성 출신이지만 정말 똑똑해서 마침내 카두케우스 우주비행사가 된 사람들도 있다. 교과서에도 그런 사람들이 나온다. 훌륭한 우주비행사에 대한 책도 있다. 다 읽어봤다. 아주 멀리 살아서 힘들었지만 그래도 아주 열심히 했더니 항성계 간 우주비행사가 될 수 있었다고 했다.

하지만 나는 지금 마키엔데에 살고 있다. 여기엔 비행

학교도 있고 우주선 공장도 있다. 원격 시험을 칠 필요도 없고 본사 선생님들도 자주 오신다. 커다란 우주선 박물관도 있다. 나는 여기에서 태어나 평생 살았고, 드디어 열세 살이 되어 다음 달이면 처음으로 진짜 새 카두케우스 우주선을 만져볼 수도 있다. 그런데 비행학교도 없고 우주선도 자주 볼 수 없고 친구들도 없는 가두알로 잠든 채 실려 가야 한다고? 지혜 때문에?

갑자기 화가 났다. 문을 확 열고 부엌에 들어가고 싶은 마음을 꾹 눌러 참고 조용히 내 방으로 돌아가 이불을 덮었다. 잠이 들 때까지 아주 오랜 시간이 걸렸다. 부모님은 내가 잠들 때까지, 나를 보러 오지 않았다.

며칠 뒤, 지혜가 집에 돌아왔다. 언제나 그렇듯 웃는 표정이었고 귀여운 얼굴이었다. 아빠가 지혜를 조심스레 방으로 데려가 눕혔다. 지혜는 아빠를 보며 예쁘게 웃었다.

"집에 와서 좋아?"

"응."

"오빠도 보고 싶었지?"

아빠가 지혜에게 물었다.

"응."

지혜가 웃었다.

아빠가 나를 돌아보았다.

"나도."

나는 억지로 입꼬리를 들어 올렸다.

이건 반칙이다. 지혜는 언제나 웃는 얼굴이기 때문이다. 지혜의 얼굴에는 다른 표정이 거의 없다. 저건 진짜 웃는 얼굴이 아니다. 저 표정도 지혜가 치료를 받아야 하는 이유 중 하나이다. 아무 데서나 발작을 일으키고 소리를 지르거나 손발을 뻣뻣하게 휘두르는 것과 마찬가지다. 지혜를 처음 보는 사람들은 이렇게 말한다. "참 귀엽네요." "웃는 표정이 참 예뻐요." 아무도 축 늘어진 팔이나 휠체어에 단단히 동여맨 다리에 대해 말하지 않는다. 지혜가 나랑 한 살 차이라는 건 아마 눈치도 못 챌 거다. 얼굴이나 몸만 보면 훨씬 어려 보이니까.

나는 마음의 준비를 했다. 어떻게 해야 할지 모르겠지만.

예상대로, 그날 저녁 식사를 마치고 부모님은 내 방에 올라왔다. 그리고 아주 진지한 얼굴로 말을 꺼냈다.

"지후야, 엄마 아빠가 아주 오랫동안 고민했는데, 지혜를 평생 이대로 살게 할 수는 없을 것 같아. 근처에 가두알이라는 행성이 있는데, 거기 가면 지혜의 장애를 치료할 수 있대. 여기서 원격으로는 어렵대. 그래서 엄마랑 아빠가 본사에 이사를 가고 싶다고 신청했는데, 다행히 본사가 이민 신청을 받아줬어. 그러니까 우리 가족은 곧 가두알로 이사를 갈 거야. 그럼 너도 드디어 우주선을 타볼 수 있어!"

엄마가 중간에 숨도 안 쉬고 한 번에 죽 말했다. 연습한 티가 너무 났다.

응, 맞아. 드디어 우주선을 타볼 수 있겠지. 잠든 채 짐짝처럼 실려서. 그리고 두 번 다시 여기 있는 커다란 진짜 우주선은 보지도 타지도 못하겠지.

마음의 준비가 덜 되었던 것 같다. 나는 침대에 앉아, 부모님이 아니라 벽을 멍하니 응시했다.

"어, 지후야, 그러니까 말이야, 어, 가두알에 가도 비행학교에 다닐 수 있어. 거기에도 학교는 있으니까 잘하면 원격 시험을 칠 기회를 준대. 지후는 지금도 똑똑하고 열심히 준비하고 있으니까 가두알에 가도 우주비행사가 될 수 있을 거야."

아빠도 연습해온 말을 다 했다. 나는 아무 대꾸도 하지 않았다.

아빠가 머뭇거리며 내 눈치를 보다가 덧붙였다.

"저기, 지후야, 가두알에 가서 살아보면 의사나 약사가 되고 싶어질지도 몰라. 우주비행사도 멋진 직업이지만 가두알에서 할 수 있는 일들도 많아. 그곳도 무척 특별한 항성계거든. 가두알에서 일하고 싶어 하는 사람들도 아주 많아."

내가 멍하니 보던 벽에는 우주선 사진이 잔뜩 붙어 있었다.

"엄마가 하는 일이 가두알에서도 마침 필요한 거라서 이민 허가를 받았어. 이건 우리 가족에게 두 번 없을 기회야. 지후야, 본사는 이민 허가를 잘 내주지 않아. 이번에 안 가겠다고 하면 우리 가족은 평생 가두알에 가서 지혜를 치료하지 못할 거야. 지혜의 장애는 원격으로 아무리 해도 안 되고, 가두알에서 직접 수술을 받은 다음에 적응 프로그램을 밟아야 한대. 그러면 지혜도 지후 너처럼 자랄 수 있어. 가두알로 가지 않으면 지혜는 앞으로 네가 계속 나이 들어서 어른이 되어도 지금하고 비슷할 거야. 그건 너한테도 힘들지 않겠니? 지후야, 엄마 말 이해하지?"

나는 제발 엄마가 그다음에 나올 말을 하지 않기를 바랐다.

"지후는 오빠고, 이제 다 컸잖아."

눈물이 났다. 부모님이 준비한 연설대로라면, 열세 살은 내가 우주비행사가 되고 싶은지 의사가 되고 싶은지 모를 만큼 어린 나이이지만, 동생을 위해 멀리 부모님을 따라가야 한다는 말을 이해할 만큼은 다 큰 나이였다. 이사 가기 싫어도 혼자 여기 남을 수 없는 어린 나이이지만, 내 꿈이 산산조각 나는 순간에 부모님 앞에서 엉엉 우는 모습을 보이기 싫어할 만큼은 다 큰 나이였다.

열세 살 따위.

얼마 전까지만 해도, 새 우주선을 직접 볼 수 있는 나이였는데.

이제 아무것도 아니다.

나는 우주선 견학을 갔다. 부모님은 아무 말 없이 견학 동의서에 사인을 해주었다. 그리고 견학을 가서 나는 제일 앞자리에 앉았다. 새 우주선은 반짝반짝 빛이 났고, 엄청 컸다. 우주선 안은 가상 체험으로 봤던 것보다 더 넓었다. 모든 면에서 가상 체험보다 진짜가 훨씬 멋졌다. 새 우주선의 첫 비행을 맡은 우주비행사 선생님도 눈앞에서 볼 수 있었다. 우주비행사 선생님은 무척 당당한 표정으로 말했다. 엄청 멋있었다.

"새 우주선의 첫 비행은 아주 중요합니다. 멀리 가지는 않습니다. 카두케우스의 우주선은 완벽하지만, 언제나 만약의 경우에 대비해야 하니까요. 새 우주선의 이름을 지을 때는 이 공장의 이름을 따는데, 공장에서 만드는 우주선이 아주 많으니까, 서로 헷갈리지 않으려고 몇 가지 규칙을 정해 이름을 붙여요. 혹시 이 우주선의 이름을 벌써 알아낸 똑똑한 친구가 있나요?"

이름 따위, 우주선 본체에 엄청 커다랗게 쓰여 있잖아. 글자만 읽어도 그 정도는 안다고.

나는 우주선 이름의 규칙도 다 알았다. 특별히 먼 비행을 했거나 중요한 일을 해낸 유명한 우주선에 붙는 애칭도 다 외웠다. 그런 우주선을 몰았던 유명한 항성 간 우주비행사들의 이름도 다 외우고 있었다.

나는 가만히 앉아 우주비행사 선생님을 쳐다보았다. 다른 학생이 금방 손을 들었다. 당연히 정답이었다. 정답을 말한 친구는 우주비행사 선생님과 악수를 하고 상품도 받았다. 새 우주선의 작은 모형이었다. 상품을 보니 후회스러웠다. 이게 내가 볼 수 있는 마지막 새 우주선일 텐데, 앞으로는 시내에 있는 우주선 박물관 기념품실에서 언제든지 모형을 살 수도 없는데. 저 우주선 모형은 기념품실에는 반년 뒤에나 나올 텐데.

또 눈물이 날 것 같았다.

"우주비행사 선생님께 질문하고 싶은 학생 있나요?"

나는 얼른 손을 들었다.

"선생님은 어디 출신이세요?"

답을 기다리는 몇 초 사이, 나도 모르게 어깨가 딱딱하게 굳었다.

"마키옌데 7섹터요. 학생 여러분들 바로 옆 동네가 제 고향이지요!"

우주비행사 선생님이 씩 웃자, 몇몇 아이들이 따라서 웃음을 터뜨렸다.

나는 떨리는 손으로 악수를 하고, 작은 새 우주선 모형을 받았다.

우리는 견학 공간으로 돌아와 돔이 열리는 모습을 구경했다. 커다란 돔이 열리고 새 우주선이 힘차게 출발했다. 소리는 나지 않았지만 공기가 긴장한 것 같았다. 나는 손에 모형을 꼭 쥐고, 새로 태어난 우주선이 내 눈에는 보이지 않는 우주의 길로 떠나는 모습을, 우주선이 금세 하늘 너머로 사라지고 우주를 향한 문이 다시 닫히고, 감독 선생님이 이제 그만 돌아가자고 할 때까지, 한참 동안 바라보았다.

이사 날은 금방 다가왔다. 우주선을 만드는 행성에 살아서 나쁜 점은 항성계 간 우주선이 너무 자주 오간다는 것이다. 보통은 본사의 허가를 받았더라도, 우주선이 마침 내가 사는 행성에 들를 때까지 기다려야 한다. 우주선은 아무나 탈 수 있는 게 아니니까. 하지만 여기서는 사방으로 우주선을 보내고 있으니 가두알로 가는 우주선도 있었고, 부모님은 이사 준비를 서둘렀다. 그동안 지혜는 두 번 더 발작을 했다. 부모님은 지혜의 증세가 너무 심해지면 본사가 생각을 바꿔서 가두알로 보내주지 않을지도 모른다고 걱정하는 것 같았다. 회사 입장에서는 부모님이 원래 여기서 하던 일을 계속하는 게 더 나으니까 그렇다나.

나는 별로 준비할 게 없었다. 지금까지 모은 우주선 모형을 꼼꼼히 포장했다. 우주선 박물관 기념품실에 가서 우주선 사진과 포스터를 잔뜩 샀다. 이미 갖고 있던 것도 또 샀다. 가두알에서든 어디서든 다운로드받을 수 있는 사진들이었지만, 그래도 샀다. 비싸서 용돈을 모으면 사려고 구경만 했던 모형까지 몇 개 더 사 왔다. 부모님은 내가 뭘 사든 나무라지 않았다. 친구들한테 몇 번 작별 인사를 하다가 그만두었다. 아쉽다는 말 뒤에 지혜가 운이 좋다거나 우주선을 타보게 되어 좋겠다는 말이 꼭 따라붙어 듣기 싫었다.

이사 전날, 부모님은 다시 내 방에 같이 올라왔다. 벽에서 포스터를 다 떼어내고 내 물건을 치워서 원래 있던 가구만 남은 방은 휑했다. 나는 부모님이 올 줄 알고 있었다.

그러나 지혜도 데리고 올라올 줄은 몰랐다.

지혜 방은 1층에 있고 내 방은 2층에 있다. 지혜는 혼자 2층까지 못 올라오고, 지혜가 아플 때면 내가 매우 조용히 떨어져 있어야 하기 때문이다. 내 기억에 이제까지 늘 내가 지혜 방에 갔지, 지혜가 내 방에 온 적은 없었다.

나는 내가 13년을 살았고 앞으로도 수십 년은 더 살 줄 알았지만 지금은 카두케우스라고 쓰인 가구들과 당장 덮고 잘 이불만 남은 낯선 방에서 내 동생을 마주 보았다. 낯선 공간에서 처음 보는 지혜는 왠지 낯설었다. 늘 똑같은 웃는 얼굴인 것 같았지만, 조금 달라 보이기도 했다. 지혜에게도 이 방은 아마 처음 와본 장소일 것이다. 가두알이 우리 가족 모두에게 처음 가는 곳이듯이.

나는 부모님을 흘끔거렸다. 어째서인지, 왜 데려왔느냐고 소리 내어 묻기가 어려웠다.

"지후야."

엄마가 천천히 입을 열었다.

"가두알에 가면 지혜는 달라질 거야. 지금까지 네가 본 지혜와 다른 사람이 될 거야. 너처럼 자라게 된단다. 이건 우리에게 아주 중요한 일이야."

중요하다는 말은 몇 번이나 들었어. 나도 안다고.

"지금 지혜는 지후가 하는 말을 잘 못 알아듣지? 우리가 가두알에 가면, 그리고 모든 일이 다 잘되면, 지혜는 지후가 하는 말을 이해할 수 있어."

응, 그래서?

"그 전에 지혜에게, 그리고 우리에게 하고 싶은 말이 있다면 지금 하렴."

나는 그제야, 엄마가 마치 야단맞을까 봐 겁낼 때의

나처럼 어깨를 움츠리고 있다는 것을 깨달았다. 아빠가 엄마 손을 꼭 잡고 있다는 것도. 아빠가 엄마와 같은 표정으로 나를 바라보고 있다는 것도.

나는 한참을 망설이다 입을 열었다.

"저한테 중요한 일들이 아빠 엄마한테는 지혜만큼 중요하지 않아요."

아빠가 입을 벌렸다가 아무 소리도 내지 않고 도로 다물었다.

"사실이잖아요. 알고 있어요."

나는 눈물을 꾹 참았다. 아빠가 뭐라고 했으면 울어버렸겠지만, 두 분 다 아무 말 하지 않았으니까, 나도 참았다.

그리고 지혜를 향해 말했다.

"지금 너에게 소중한 게 뭔지 모르지만, 그게 뭐든 나한테 소중하지는 않을 것 같아."

지혜는 알아듣지 못한 듯, 평소와 똑같이 웃는 얼굴 그대로 응, 하고 소리를 냈다.

나는 내 동생과 그 뒤에 선 평소보다 작아 보이는 부모님, 텅 빈 벽을 한참 동안 번갈아 보았다. 그리고 크게 심호흡을 하고, 말했다.

"나는 우주선을 좋아해. 우주선 공장의 돔이 열리는 걸 얼마 전에 가까이에서 처음 봤는데, 상상보다 훨씬 더 멋있었어. 저 하늘 너머에 있는 건 빈 공간이 아니라 우주로 나가는 길이거든. 우리는 이번에 같이 그 우주의 길을 따라갈 거야. 난 나중에 그 길을 또 가고 싶어. 이건 나한테 아주 소중한 꿈이야. 그리고 언젠가 네게 이 말을 다시 할 수 있고, 그때는 너에게 소중한 것을 알 수도 있다면, 그것도 괜찮은 일일 것 같기도 해. 나한테 넌, 그만큼은 소중하니까."

나는 말을 하며 천천히 고개를 끄덕였다.

"응, 맞아. 그런 것 같아. 지혜야, 우리, 언젠가 이 이야기를 다시 하자. 네가 오늘을 기억하지 못하면 내가 먼저 물어볼게. 너한테 소중한 게 뭔지."

나는 부모님을 향해 잠시 입술을 달싹였다가, 그냥, 가장 하고 싶었던 말을 삼키고 말했다.

"다 됐어요. 이제, 가요."

깃발

1

1층에 불이 켜져 있었다.

미나는 마당에 있는 의자에 천천히 앉았다. 먼저 온 사람이 누구인지 모른 채로 들어가고 싶지 않았다. 유나라면 괜찮겠지만, 하정은 보고 싶지 않았다. 요즘 하정은 아무나 찌를 준비가 된 칼날 같았다. 오늘은 미나의 퇴근이 평소보다 조금 늦었으니, 유나와 하정 둘 다 집에 있을지도 모른다. 만약 둘 다 이미 귀가했다면, 더더욱 들어가고 싶지 않았다.

미나는 의자에 앉아 이층집을 바라보았다. 유나와 미나가 자란 집이었다. 유나와 미나의 보호자들이 자라고,

살고, 죽은 집이었다. 사용 연한이 지난 지붕은 낡았다. 집 옆에는 어릴 적 유나와 놀던 온실이 있었다. 온실은 본래 날씨가 추울 때 따뜻한 곳에서 잘 자라는 화초를 보호하고 키우던 공간이라고 했다. 이 집의 온실은 두 아이의 놀이터였다가, 지금은 창고가 되었다. 미나가 일하는 도서관의 관장처럼 전기를 끌어대 여전히 온실을 가꾸는 사람들도 있었지만, 보통은 창고로 썼다. 어쨌든 지붕과 문이 있는 공간이니, 아직 처분을 정하지 못한 물건들을 넣어놓고 외면하기 딱 좋았다.

대문이 열렸다. 유나가 들어오다 마당에 앉은 미나를 보고 멈칫하며 섰다. 그렇다면 지금 집에 있는 사람은 하정이다. 유나는 대문과 현관문을 번갈아 보며 눈을 굴리다, 미나 옆으로 천천히 걸어와 눈치를 보며 옆에 앉았다.

미나는 유나를 원망하지 않았다. 유나 탓이 아니었다. 깊이 생각하면 유나의 잘못이 조금쯤 있을지도 모른다. 그러나 누군가를 사랑한 것은 잘못이 아니다. 생각이 다른 짝을 선택한 것도 잘못이 아니다. 유나가 나가는 대신 하정이 그들의 집에 들어오기로 한 것도 잘못이 아니다.

그 일에는 미나도 동의했었다. 이미 내린 결정을 사랑 때문에 바꾸지 않는 것 또한, 아마 잘못은 아닐 것이다.

그래도 생각을 입 밖에 내어 말하면서까지 유나의 마음을 달래주고 싶지는 않았다. 그 정도로 괜찮지는 않았다. 잘못이 없는 것은 없는 것이고, 불편한 상황은 불편한 상황이다. 해가 저물면 추워질 것이다. 배도 슬슬 고팠다. 곧 저녁 식사 시간이었다. 결국 집에 들어가야 했다. 그러면 세 사람은 순서대로 욕실을 쓴 다음, 식탁 하나에 어색하게 앉아 저녁 식사를 하겠지.

"하정이 먼저 왔나 보네."

유나가 불 켜진 집을 보며 말했다.

"응. 누가 먼저 왔는지 몰라 그냥 있었어."

미나가 중얼거리자, 유나가 겸연쩍게 웃었다.

"불편해서 못 들어간 거지? 미안해."

미나는 유나의 옆구리를 팔꿈치로 살짝 찔렀다.

"미안한 줄 알면 어떻게 좀 해봐. 나만 둘 사이에 껴서 이게 뭐야. 갈 곳도 없는데."

유나가 온실 쪽으로 시선을 돌렸다.

"온실 치우고 내가 온실로 들어갈까? 좀 고치면 지낼 만할걸."

미나는 그들이 버리지 못해 처박아놓은 물건들이 가득할 온실 안을 머릿속에 그려보고 고개를 절레절레 흔들었다. 언젠가부터, 정확히는 하정의 입주를 위해 대청소를 했던 날부터는, 온실 안에 무엇이 있는지 확인하지도 않고 문을 열고 물건을 집어넣기만 했다. 온실은 이제 두 사람이 차마 쓰레기라고 부르지 못하는 과거의 물건들을 모아둔 쓰레기통이었다.

"수리가 문제가 아니잖아. 안에 있는 거 다 어떻게 하려고 그래. 그리고 언니가 온실에 들어가면 하정 씨는 집 안에 가만히 있을 것 같아? 차라리 집 안에서 싸워. 온실까지 쓰면 그냥 전선 확대야. 그때부터 난 여기에도 못 앉아 있을걸."

유나가 엉덩이를 살짝 붙여오며 쿡 웃었다.

"그럼 네가 온실로 갈래? 너 어릴 때 저기서 놀기 좋아했잖아."

"아, 진짜!"

미나는 말로는 질색을 하면서도, 유나 쪽으로 몸을 살짝 기울였다. 옷 사이로 전해지는 체온이 따뜻했다. 어쨌든 둘은 수십 년을 함께한 자매였다. 같이 태어나 함께 자랐다. 같이 적성검사를 받았고, 결과를 놓고 함께 고민했다. 같이 우주항에서 준을 떠나보냈고, 엄마의 유골함을 함께 닦았다. 미나는 유나의 어깨에 머리를 기대고 작은 소리로 말했다.

"언니가 좀 봐줘. 하정 씨한테는 나만큼 준비할 시간이 없었잖아."

"처음에 다 말했었단 말이야."

유나가 투덜거렸다.

"그때는 하정 씨가 언니를 몰랐나 보지. 아니면 언니 생각이 바뀔 줄 알았거나."

유나는 무슨 말인가 하려고 입을 열었다가, 도로 다물었다. 미나는 유나가 하려던 말을 알고 있었다. 하정의 기대는 자신의 잘못이 아니라는 말을 하고 싶었겠지. 유나가 말을 하려다 만 이유도 알고 있었다. 미나한테 그렇게 말할 염치는 없는 것이다. 유나가 하소연을 했다면,

미나는 이렇든 저렇든 퇴근하고 집에도 못 들어가고 전전긍긍하고 있는 내 꼴은 네 탓이라고 한숨을 쉬면서도, 유나의 손을 잡아주었을 것이다. 둘은 이 모든 전개를 예상했고, 그래서 생략하기로 했다. 없어질 행성에 태어나 언젠가 헤어질 자매로 산다는 것은 그런 일이었다.

2

하정은 고장 난 전차에서 유나를 만났다.

카두케우스 본사는 네로보 항성계 주민들의 체류 기간을 3세대 연장하면서, 마지막 세대가 전원 이주할 때까지 생활을 보장하기로 했었다. 하정의 할머니 세대가 했던 계약이었다. 마지막 3세대 연장 거주민들에게는 네로보 항성계에 남을지, 주거와 일자리를 지원받아 다른 항성계로 이주할지, 근처에 새로 건설될 라세진 항성계의 개척 세대가 될지 결정할 기회가 두 번 주어졌다. 열여덟 살이 될 때 한 번 결정하고, 서른 살까지 결정을 바꿀 수 있었다.

하정의 할머니는 그때 사람들이 본사에 얼마나 열심히 항의했는지, 다음 세대를 위해 계약 기간을 연장하려고 얼마나 온 힘을 다해 싸웠는지 하정에게 얘기하곤 했다. 초광속 통신 담당자들은 파업을 했다. 준광속선 비행사들도 파업을 했다. 네로보의 행성들은 협상 연대체를 구성하고 새로운 깃발을 만들었다. 집집마다 네로보 연대 깃발을 걸었다고 했다.

할머니는 마을의 하수순환처리소에서 일했기에 파업할 일도 협상 연대체에 참여할 기회도 없었지만, 협상 연대체에게서 받은 수정 프로그램을 하수 처리 과정에 적용해 네로보 연대 깃발색 염료를 추가 생산했다. 할머니는 그 일을 자랑스러워했다. 그 마을에 깃발을 달지 않은 집이 단 한 집도 없었는데, 다 할머니 덕분에 염료가 넉넉했던 덕분이라 했다. 하정의 집에는 연대체 깃발이 꽤 많았다. 모든 주민이 깃발을 내린 다음에도, 할머니는 추가 생산 염료로 만든 깃발을 수거해 보관했다. 하정의 아버지는 깃발을 커튼 대신 썼다. 테이블보로도 쓰고 행주와 걸레로도 썼다. 그래도 남은 깃발이 온실 창고에 쌓여 있었다. 하정은 깃발을 꿰매 가방을 만들었다.

하정은 유나와 만났던 날, 바로 그 고동색 가방을 들고 고장 난 전차에 앉아 있었다.

체류 기간 연장, 순차적 이주, 생활환경 보장. 네로보 항성계 이주 19세대 연대체와 카두케우스 본사 사이의 갱신 계약은 아주 길고 복잡했고, 체결에만도 수십 년이 걸렸다.

생활환경 보장 계약에 따라 대중교통은 없어지지 않았다. 다만 배차 간격이 길어졌다. 모든 것이 점점 더 자주 고장 났다. 온실이 창고가 되었다. 폭우나 폭설이 내렸다. 수돗물은 온수와 냉수 구분 없이 미온수만 나왔다. 모든 것이 낡아갔다. 사람들은 점점 더 긴 시간을 설비를 유지하고 고치는 데, 고칠 수 없는 물건의 다른 용도를 찾는 데 썼다.

하정의 할머니는 하수순환처리소의 프로그래머였다. 아버지는 시 공용 저수조의 용량 관리자였다. 하정이 어릴 때 저수량 측정 장치가 고장이 났다. 장치는 고쳐지지 않았다. 아버지는 배운 대로 사무실에서 일하는 대신 저수조에 긴 밧줄과 사다리를 설치하고 직접 저수조에 내려가 저수량을 쟀다. 저수조 고장을 먼저 겪었다는 이웃 시에서 알아 온 노하우였다. 하정은 아버지가 설치한 사다리 관리자였다. 저수조에 사다리가 필요 없는 시절도 있었을 테고, 사다리의 안전을 무인 로봇으로 점검하던 때도 있었다. 하지만 이제 하정은 사다리를 한 칸 한 칸 밟아 내려가며, 칸마다 하중 측정기를 끼워가며 점검해야 했다.

전차의 문이 열렸다. 내리는 사람도 있었고, 전차가 다시 움직이기를 앉아 기다리는 사람도 있었다. 하정은 기다렸다. 그날은 사다리를 오르내린 날이었다. 하정은 빈 도시락이 든 가방을 옆에 놓은 채 멍하니 앉아 있었다. 사람들이 전차에서 하나둘 내렸다. 정말이지 더는 걷고 싶지 않았다. 남은 사람보다 내린 사람이 많아졌을 때, 유나가 하정에게 다가와 목소리를 낮추고 말을 걸었다.

"어디로 가세요? 혹시 제 차 같이 타고 가실래요?"

하정은 유나를 쳐다보았다. 처음 보는 사람이었다.

“아무래도 이거 한참 안 움직일 것 같은데, 걸어가기도 환승하기도 애매해 동생을 불렀거든요. 동생이 집에서 차 갖고 데리러 오기로 했어요. 이 노선 타셨으면 아마 저랑 같은 방향으로 가실 테니, 저희가 데려다드릴 수 있는 곳까지만이라도 같이 가면 좋을 것 같아요.”

유나가 잠깐 생각하더니 오른손으로 위를 가리키며 덧붙였다.

“동생이 올 때까지도 이 꼴이라면요.”

“아, 감사합니다. 그럼 좋겠지만 폐를 끼치기가…… 어디 사시는지 여쭤봐도……?”

하정은 덩달아 목소리를 낮추고 물었다.

“서끝마을요.”

유나가 선뜻 대답했다. 종점이었다. 하정의 마을을 지난다.

“아, 저는 서남에 삽니다. 가시는 길에 있으니, 그러면 신세 좀 지겠습니다.”

하정은 오래 고민하지 않고 부탁했다. 낯선 사람의 친절을 사양하기에는 너무 피곤했다. 서남마을에서 서끝

마을 사이 거리라면 카풀이 아주 드문 일도 아니었다. 미나가 작은 삼륜차를 몰고 나타날 때까지도 전차는 움직이지 않았다. 미나의 삼륜차는 운전석과 뒷좌석만 있는 2인승이었다. 하정의 몸집에 비해 아주 작았다. 유나와 하정은 뒷좌석에 몸을 구겨 넣었다. 엉덩이와 어깨가 빡빡하게 맞닿았다. 하정은 고동색 가방을 이리저리 옮겨보다가, 결국 머리 위에 얹었다. 가방을 손으로 잡으려니 팔꿈치가 자꾸 유나의 볼을 찔렀다. 목에 힘을 주니 정수리와 차 천장 사이에 가방이 딱 맞았다. 하정은 양팔을 몸에 딱 붙이고, 가방이 떨어지지 않게 목을 쭉 뻗어 머리로 가방을 받쳤다.

유나는 오른팔을 아예 창문 밖으로 내놓고, 하정과 가까운 왼팔을 가슴 앞으로 뻗어 운전석의 머리 받침을 잡았다. 포장이 거친 곳을 지날 때마다 하정의 도시락통이 덜그럭거렸다. 미나는 유나에게 뒤에서 머리카락 좀 잡아당기지 말라며 짜증을 냈다. 유나는 하정의 도시락에서 소리가 날 때마다 그를 돌아보고 웃었다. 미나가 짜증을 내면 미나의 머리 받침을 잡고 있던 손을 과장스럽게 떼며 하정에게 눈을 찡긋했다. 하정은 유나를 보려 고개를 돌리거나 유나를 따라 웃다가 차 천장과 정수리 사이에 끼운 가방이 떨어질까 봐 목에 빳빳이 힘을 주고 눈만 굴려 답했다. 서남마을까지는 20분이 걸렸다. 미나가 마을 입구 표지판 앞에 차를 세웠다. 유나는 정차하자마자 뛰어내렸다. 하정은 목에 힘을 풀고, 옆으로 툭 떨어진 가방을 받았다. 유나는 하정의 퇴근 시간을 묻고, 퇴근길 카풀을 제안했다. 하정에게야 좋은 일이었지만, 유나에게는 득이 없었다. 하정의 말에, 유나는 웃으며, 혼자 2인승 차를 쓰는 것은 낭비라 전차를 타고 다녔지만, 둘이 탄다면 에너지를 아끼는 셈이니 자기도 좋다고 했다. 약간 이상한 논리였다. 게다가 차를 운전했던 사람은 미나였다. 하정은 유나의 뒤에 선 미나를 쳐다보았다. 미나는 하정과 눈이 마주치자, 애매한 표정으로 고개를 끄덕였다.

둘은 반년 정도 함께 퇴근했다. 유나가 하정의 집에서 저녁을 먹는 날도 있었다. 저녁을 먹고 함께 차를 마시기도 했다. 유나는 하정의 집 안 곳곳에 남은 깃발을 보고 할머니 이야기를 들었다. 아버지의 유품이 남은 단정한 온실을 구경했다. 하정의 집에서 잤다. 하정과 같은 고동색 가방을 들었다.

3

셋은 아무 말 없이 저녁을 먹었다. 숨이 막힐 것 같은 식탁이었다. 미나는 중재를 포기한 지 오래였다. 미나는 유나가 무책임했다고 생각했지만, 굳이 남인 하정의 편을 들고 싶지도 않았다. 처음에 다 말을 하기는 했다는 유나의 말은 사실일 것이다. 유나는 이주 계획을 숨긴 적이 없었다. 특히 준이 라세진 항성계 개척 1세대로 떠난 다음부터, 가족에게 유나의 출항은 기정사실이었다.

유나는 라세진 항성계로 가고 싶어 했다. 미나가 보기에도 라세진 항성계는 유나에게 완벽한 미래였다. 유나는 이주 적합도도 높았고 적성검사 결과도 좋았다. 유나는 적성검사 결과와 본사의 권고대로 농기술을 배웠고,

열여덟 살이 되자마자 라세진 항성계 이주를 결정해 신청서를 냈다. 아마 신생 항성계는 역동적일 것이다. 여러 곳에서 온 새로운 사람들도 많고, 환경도 계속 바뀌고, 많은 일을 새로 결정하겠지. 유나의 상상 속에서 라세진 항성계는 모험을 좋아하는 즐거운 친구들이 가득한 여름 캠프였다.

유나는 라세진이라는 캠프에서의 계획을 미나에게 늘어놓곤 했다. 그 캠프에는 고장 난 시설이 없었다. 몇 번 두드려야 작동하는 기계도 없었다. 손이 많이 가는 텃밭 대신 자동 급수 시스템과 로봇이 있는 넓은 평야가 있었다. 제대로 작동하고 아름다운 화초로 가득한 온실도 있었다. 평야의 농작물을 살피고 온실의 꽃들을 가꾼 다음, 집에 돌아가 차를 우려도 될 것 같은 뜨거운 물로 샤워를 하고 얼음을 넣은 물을 마셨다. 물론 주말마다 새로운 사람을 만나 연애도 하고. 아이도 열 명쯤 데려다 키울지도 모르고.

유나가 이 모든 이야기를 하정에게 하지 않았을 리가 없다. 동생인 미나한테 떠든 것보다 좀 더 어른스럽고 현실적인 버전이었을 테고, 아마 연애나 아이들 부분은 어물어물 넘어갔을지도 모르지만. 유나가 네로보에서는 불가능한, 쾌적한 여름 캠프 같은 삶을 꿈꿔온 사실만은 하정도 알았을 것이다. 게다가 유나에게는 라세진 항성계로 먼저 떠난 가족까지 있었다. 유나의 계획이 지나치게 구체적이고 선명하고 활기차긴 했지만 다 허튼소리는 아니었다. 유나는 떠날 사람이었다.

미나가 먼저 식사를 끝냈다. 오늘의 요리 담당은 하정, 설거지 담당은 미나였다.

"다 먹고 나면 올라와서 말해줘."

미나가 고동색 테이블보 모서리를 향해 말하고 일어섰다. 미나가 계단을 올라 사라지자마자, 유나가 입을 열었다.

"그만하면 안 될까?"

"뭘?"

하정이 고개를 들지 않고 대꾸했다. 목소리가 작았다.

유나가 양손을 휘둘렀다.

"이거, 이거 말이야. 불편하게 하는 거."

"내가 뭘."

유나는 시선을 피하고 있는 하정을 바라보았다.

'나는 처음부터 떠날 사람이라고 했었잖아.'

'이렇게 눈치만 주지 말고 네가 하고 싶은 말을 정확하게 해. 그래야 나도 답을 하지.'

'왜 제대로 말을 안 해?'

유나는 이 모든 말을 입속으로 삼켰다. 유나가 아무리 말을 하라고 해도, 하정은 직접 말하지 않을 것이다. 하정은 유나의 답을 듣고 싶지 않으니까 유나에게 묻지 않는다. 하정은 할머니가 보고 싶다고 말하지 않고, 할머니가 들려준 이야기를 마치 오늘 일과처럼 담담히 말하는 사람이었다. 할머니를 존경한다고 말하지는 않지만 할머니가 남긴 깃발을 하나도 버리지 않고 가방으로 만들어 쓰는 사람이었다. 돌아가신 아버지가 그립다고 하는 대신 아버지가 설치한 사다리를 보수하는 직업을 선택한 사람이었다. 유나와의 카풀을 계속하기 위해 교대 근무표를 말없이 바꾸었던 사람이었다. 사귀자는 고백으로 손바느질한 고동색 가방을 내밀었던 사람이었다. 유나와 살림을 합친 다음에도 꼭 정기적으로 본가에 가서, 이제는 아무도 살지 않는 집을 청소하는 사람이었다.

하정은 그런 식으로, 계속 사랑하는 사람이었다.

하정의 사랑은 신중했고, 조용했고, 따뜻했다. 유나는 하정의 사랑이 좋았다. 처음에는 신기하고 좋기만 했다. 그다음에는 조금씩 더 좋아졌다. 행복은 점점 더 구체적인 형태를 갖추어갔다. 행복은 식탁에 앉아 차를 마시며 그날 하루 일터에서 있었던 일을 조곤조곤 이야기하는 하정이 되었다. 식후의 티타임은 의식이 되어 유나의 일상에 들어왔다. 일터에서 재미있는 일이나 답답한 일이 있을 때, '오늘 저녁에 하정에게 얘기해야지' 하고 생각하는 날이 늘었다. 유나는 선선한 날이면 자신의 품에 파고드는 하정의 체온이 좋았다. 더운 날 허벅지 사이에 손을 넣으면 잠결에도 꽤 세게 유나를 밀어내고 이불까지 걷어차는 하정도 좋았다. 행복은 그렇게 기온에 스며들었다. 하정은 시 공용 저수조 정밀 점검을 특히 고달파했다. 그런 날 유나가 종아리를 주물러주면, 하정은 늘 괜찮다고 했다가도 긴장을 풀며 나른하게 웃었다. 유나는 매월 초 회사 게시판에서 저수조 정밀 점검일을 확인했다. 행복은 게시판을 꼼꼼히 읽는 시선이 되었다.

유나는 이 모든 변화가 좋았다. 정말 좋았다. 유나는 하정을 끌어안고 말했다. 어떻게 이렇게 행복할 수 있을까. 하정은 아무 말 없이 웃었다.

그래서 유나는 몰랐다. 두 사람이 생각한 끝이 달랐다는 것을.

유나는 처음 사귀기 시작했을 때, 하정에게 이주 신청자라고 밝혔다. 보호자였던 준이 이미 라세진 항성계로 떠났고, 출항 시기가 맞아떨어진다면 준과 다시 만날 수 있을지도 모른다는 말도 했었다. 당장 먹고살 거리를 마련하기 바쁜 작은 농지가 아니라 여러 작물을 가꾸고 작황을 실험해보는 곳에서 일하고 싶다고도, 지금처럼 손이 많이 가는 곳이 아니라 현장에 거의 나가지 않고도 농지를 관리할 수 있는 첨단 시설을 직접 다루어보고 싶다고도 했었다.

유나는 하정에게 전부 다 말했고, 하정은 괜찮다고 했었다. 아니, 괜찮다고는 말하지 않았던가? 하지 않았던 것 같기도 하다. 솔직히 하정의 반응이 기억나지 않는다.

그때는 괜찮았지만 지금은 괜찮지 않은 것일지도 모른다. 지금 와서 보니 하정은 그럴 수도 있는 사람이니까. 유나가 결정을 바꿀 수도 있다는 말을 한 적이 없다는 것만은 분명했다. 유나는 네로보 항성계를 떠나지 않는 삶을 상상한 적조차 없었다. 하정과 동거를 시작했던 해, 유나는 스물일곱이었다. 유나에게 이 사랑은 처음부터 끝이 있었다. 본사의 이주 통보가 올 때까지의 일이었다. 유나의 삶에서 소중하지만 지나갈 이야기였다.

행복은 유나의 서른 살이 다가오면서 허물어지기 시작했다. 바로 이 식탁에서, 지금처럼 셋이 식사를 한 다음 하정과 유나는 차를 마시고 미나는 설거지를 하고 있을 때였다. 하정은 마치 내일 아침 메뉴를 묻듯이 물었다.

"변경 신청 했어?"

"무슨 변경 신청?"

"항성 간 이주 신청 했던 거. 네 생일이 11월이니까, 체류로 변경하려면 마감까지 이제 딱 반년 남았잖아. 생각해봤어?"

유나는 하정의 말을 바로 이해하지 못했다. 어리둥절한 유나의 얼굴을 보는 하정의 눈빛이 크게 흔들렸다.

"라세진 항성계로 이주 신청한 것 말이야. 열여덟 살 때 했다고 했었지? 만 서른 살 전까지는 결정을 바꿀 수 있잖아. 남는 쪽으로 생각해봤어?"

유나는 그제야 하정의 말을 알아듣고 태연히 고개를 저었다.

"아니."

그때의 하정이 이 질문을 아주 오랫동안 품고 있었다는 것을 지금은 안다. 아마 그날 하정은 기다리고 기다리다 그 말을 먼저 꺼냈으리라. 하정은 아마 유나가 먼저 변경 신청을 하고 자신에게 말해주기를 기다리고, 기다리고, 해가 바뀌어도 유나가 아무 말 않으니 의심하고, 걱정하고, 불안해하다가, 미나가 설거지 당번이고 두 사람 모두 잔업도 격무도 없었던 날 저녁을 골라, 아마 저녁 식사를 하는 내내 어떻게 그 대화를 시작할지 말을 고르고 고른 다음 입을 열었으리라.

그러나 유나는 그때 정말 아무 생각이 없었다. 그래서

너무 빨리, 생각하던 그대로 답했다.

"아니. 갈 건데 뭐 하러?"

유나의 답에 하정이 지었던 표정을, 언젠가부터 항상 하정의 얼굴이라는 형체를 띠고 있던 행복의 존재감이 사라지던 순간을 유나는 잊지 못하리라. 아마 오랫동안, 앞으로 어디에 살든, 무엇을 하든, 누구를 사랑하든.

"알았어."

4

출근하자마자 팀장이 불렀다.

"하정 씨, 업무 분장표가 꽤 바뀔 수도 있어요. 우리 저수조관리팀에서는 나가는 사람이 없긴 한데, 일단 알고는 있어요. 한동안 좀 어수선할 거예요."

"네?"

"이번에 행성 전체에서 갑자기 수질 관리 인원이 너무 많이 빠져요. 당장 우리 처리소도 다 합쳐서 열 명 넘게 줄어요. 부소장님도 명단에 들어갔어요."

"부소장님까지요? 부소장님은 거의 20년 넘게 여기서 일하셨잖습니까."

"아, 이주자세요. 언제더라, 한 8년 전에도 이렇게 갑자기 사람이 많이 빠졌었거든요. 그래서 그때 이주자 명단에 안 들어갔던 부소장님이 그나마 경험이 제일 많으니까 이쪽으로 옮겨 오셨던 거예요. 원래 소장님보다 부소장님이 경험이 많았는데, 그래서 체류자인 소장님이 소장 하기로 하고 이주자인 부소장님이 부소장 맡으셨다나."

"다른 시 처리소도 마찬가지 상황입니까?"

"네, 이번에 전체적으로 본사에서 중간관리자급에 전보를 많이 냈어요. 수질 관리 쪽 사람이 더 필요한 것 같아요. 오늘 오후에 명단 취합 끝나면 처리소마다 빠질 사람들이 맡은 일 확인하고, 남은 사람들을 다시 나눠서 바로 인수인계 들어갈 거예요."

하정은 게시판을 확인했다. 본사의 이주 명령서와 전보 명단이 붙어 있었다. 팀장의 말대로 이번에는 명단이 꽤 길었다. 하정이 얼굴까지 알고 이야기를 나누어본 사람들도 제법 보였다. 부소장은 나이가 적지 않았다. 잘은 몰라도 마흔이 넘은 것은 확실했다. 물론 이주 명령은 몇 살에라도 나올 수 있다. 본사가 필요로 하는 인력이라면 이주한다. 네로보 항성계에서는 이주 신청자를 가능한 중간관리자 이상의 자리에 배치하지 않았다. 사람이 줄어들고 있는 행성에서 경력을 쌓은 사람이 떠나면, 남은 사람들의 부담이 컸다. 그렇지만 아무리 피하려 해도 어쩔 수 없었다. 언제 이주 명령이 나올지 모르는데, 이주 신청을 한 사람들이 모두 단순 업무만 계속 맡을 수는 없었다. 사람은 늘 부족했고 경험이 있는 사람들, 예전에 일하던 방식을 기억하는 사람들이 필요했다.

하정은 저녁에 임시 교대 근무표를 받았다. 맡은 업무는 유지하되 이주민들을 실어 갈 우주선이 올 때까지 3교대가 2교대로 변경된 일정이었다. 거의 모든 사람이 새로운 일을 한두 가지 더 맡거나 근무시간이 늘어났다. 몇몇 사람의 이름 옆에 세모(△) 표시가 붙어 있었다. 떠날 사람들이었다. 세모 표시가 붙은 부소장은 마흔일곱 살이었다.

그날 저녁, 하정은 유나, 미나와 이 이야기를 했다. 두 사람의 직장에도 이주 명령이 나왔다. 유나의 직장에서는 나가는 사람이 아주 많았다. 미나가 일하는 도서관에서는 한 명도 없었다.

"마흔일곱 살에 이주 명령을 받으면 어떤 기분일까?"

"이제 가나 보다 하겠지."

유나가 토마토를 베어 물며 말했다.

"47년이나 여기서 태어나 살았는데?"

"원래 그런 계약이었잖아."

토마토의 무른 씨와 과즙이 접시로 뚝뚝 떨어졌다. 유나는 고동색 냅킨에 손을 대강 닦으며 말을 이었다.

"스물다섯 살에 갈 수도 있고 서른다섯 살에 갈 수도 있고, 마흔일곱 살이라도 뭐, 이상한 건 아니지. 우리 쪽은 워낙 처음부터 이주 예정자가 많고 나가기도 매번 많이 빠지니까 그러려니 하는데, 처리소 쪽은 안 그러다가 갑자기 많이 빠졌으면 좀 어수선하겠다. 금방 적응돼. 있는 사람들로 다 굴러가게 되어 있어."

유나의 말에 미나가 하정과 유나를 번갈아 보더니, 유

나를 향해 한쪽 눈썹을 찡그렸다. 유나에게 하고 싶은 말이 있기는 한데, 하정 앞에서는 하고 싶지 않을 때 보이는 습관이었다.

유나가 미나의 표정을 보더니 고개를 갸웃했다.

"왜? 친한 사람이야?"

"아니, 그런 건 아냐."

하정이 천천히 고개를 저었다. 미나가 일어나 식탁 한가운데에 있던 물병을 들었다.

"물 좀 더 가져올게. 언니, 토마토 더 먹을래? 아니면 감자?"

"아, 난 이거면 됐어."

유나가 턱 끝으로 자기 접시를 가리키고 하정에게 다정히 물었다.

"너는? 내가 어제 가져왔던 딸기는 어때? 모레 더 가져올 수 있으니까 많이 먹어."

미나의 눈빛이 사나워졌다. 하정은 억지로 웃었다.

"나도 이걸로 괜찮아."

"진짜? 어제보다 덜 먹는 것 같은데. 잘 먹고 다녀야지."

그날의 설거지 당번은 하정이었다. 미나는 설거지를 하는 하정에게 다가와 말했다.

"언니가 좀, 그래요. 사람이 눈치가 없어. 농경 쪽은 워낙 사람이 많이 바뀌니까 더 무심할 거예요. 미안해요."

"아니에요. 미나 씨가 미안해할 일은 아니죠."

미나가 미안해할 일은 아니었다. 유나의 말에도 틀린 곳이 하나도 없었다. 본사는 언제든 필요한 인력에게 이주 명령을 할 수 있었다. 하정의 할머니 세대가 본사와 체결한 갱신 계약의 내용이 그랬다. 연장 잔류 세대에게는 이주 여부를 결정할 권리가 있었다. 본사에는 이주 신청자들에 한하여, 필요에 따라 이주 시기를 결정하고 이주를 명령할 권한이 있었다.

그리고 유나는 바로 그 이주 신청자 중 한 사람이었다.

그날 밤, 하정은 눈을 감고도 한참을 잠들지 못했다. 유나는 옆에서 곤하게 잤다. 작게 코도 골았다. 아마 유나에게도, 어쩌면 유나에게 더 피곤한 하루였을지도 몰랐다.

하정은 유나에게 화가 났다. 이주 신청자인 유나에게

화가 났다. 이주 신청자면서 자신을 사랑한 유나에게 화가 났다. 자신을 사랑에 빠지게 한 유나에게 화가 났다.

하정은 할머니가 들려주었던 투쟁의 역사를 생각했다. 생전 처음으로, 할머니에게도 화가 났다. 할머니가 그토록 자랑스러워했던 성취는, 깃발을 들고 싸워서 얻었다던 것은 기껏해야 유예였다. 사실 할머니는 결정해야 하는 상황에서 도망친 게 아닐까. 결정을 하정의 아버지에게로, 하정에게로, 그리고 하정 다음 세대의 사람들에게로 미룬 것뿐 아닐까. 다음 세대에게 더 많은 선택지를 준다는 핑계를 대며, 자신들은 끝을 보지 않고, 헤어지지 않고 죽을 수 있게 도망쳤던 게 아닐까. 생각이 여기에 이르자 하정은 제풀에 놀라 파드득 떨었다. 죄책감이 들었다.

하정은 천천히 일어나 앉았다. 유나와 함께 꾸민 침실을 돌아보았다. 눈이 어둠에 익어서인지, 공간이 몸에 익어서인지 구석구석이 다 보였다. 나란히 놓인 작은 책상, 양쪽 벽에 붙은 각자의 옷걸이. 문 옆 서랍장과 서랍 위에 있는 하정의 가방. 서랍장 밑에 허물처럼 놓인 유나의 가방.

일상은 한순간에 무너지지 않았다. 유나와 하정이 한순간에 행복해지지 않았던 것처럼. 유나는 저수조 정밀점검일 밤이면, 하정의 다리를 자신의 무릎 위에 올리고 주물렀다. 하정은 어떤 날에는 예전처럼 유나에게 몸을 맡겼고, 어떤 날에는 시선을 피하며 다리를 내렸다. 하정과 유나는 여전히 한 침대를 썼다. 셋은 여전히 식사와 청소 당번을 돌아가며 맡았고, 아침과 저녁 식사를 의식처럼 함께했다. 하정이 본가에 다녀오겠다며 나가는 날이 늘었다. 그런 날이면, 하정은 본가 온실에서 가져온 깃발 천으로 새 걸레와 행주를 만들어 찬장에 쌓았다. 하정은 늘, 결국, 유나의 집으로 돌아왔다. 가끔, 아주 가끔 하정은 한밤중에 베개와 이불을 들고 1층 거실로 내려갔다. 미나가 마당 의자에 앉아 유나의 퇴근을 기다리는 날이 생겼다.

미나는 하정을 붙잡고 언니를 이해해달라고 했다. 유나와도 한참을 이야기한 것 같았다. 자매끼리 언성을 높여 다투는 소리가 들렸다. 그런 날이면 하정은 귀를 닫았다. 애당초 하정의 행복도, 그 상실도 미나에게서 온 것이 아니었기에 미나가 할 수 있는 일은 아주 적었다. 하정은 미나에게 조금 미안했다. 조금. 많이 미안해할 여유는 없었다.

5

9월이 지나고, 10월이 왔다.

"그만하면 안 될까?"
"뭘?"
"이거, 이거 말이야. 불편하게 하는 거."
"내가 뭘."

유나는 할 수 있지만 무의미한 모든 말을 삼키고, 골랐다. 이번에는 그래야 했다.
"나는 이주 신청을 철회하지 않을 거야. 나는 네게 더 해줄 수 있는 게 없어."

"나한테 미안해?"

하정이 천천히 물었다.

'미안할 일인지는 모르겠어. 하지만.'

"미안해."

"결정을 바꿀 만큼 미안하지는 않은 거지?"

'내가 이주 신청을 철회하면 네가 행복해질까? 넌 이미 행복하지 않잖아.'

"응."

"내가 이주 신청을 하면 어떻게 할 거야? 나는 아직 내년까지 시간이 있어."

'내가 말릴 순 없지.'

"너는 이곳을 떠나고 싶지 않잖아."

하정은 유나를 바라보며 천천히 고개를 끄덕였다.

"응. 나는 이곳이 좋아. 이주는 생각해본 적도 없어."

"나는 떠나지 않는 삶을 상상해본 적이 없어."

'알고 있었잖아.'

유나는 억지로 뒷말을 삼켰지만, 하정은 마치 그 말을 들은 듯 얼굴을 일그러뜨렸다.

"넌, 나를, 너만큼. 그러니까. 아니라고 하지만."

하정의 말이 뚝뚝 끊어졌다. 유나는 하정이 얕은 숨을 뱉을 때마다 사라지는, 한때는 그 얼굴과 목소리와 몸짓과 그들을 둘러싼 공기에 존재했던 어떤 감정이 떠나는 것을 바라보았다.

"난 언제나 진심이었어."

유나가 조용히 말했다.

"알아."

"그걸 사과할 순 없어."

"사과받고 싶지 않아."

유나는 생일이 지나자마자 떠나는 것이 아니었다. 유나가 언제 네로보를 떠날지는 아무도 몰랐다. 준처럼 1, 2년 내에 이주 명령을 받을 수도, 하수순환처리소 부소장이 그랬듯 10여 년을 더 살다 떠날 수도 있었다. 둘이 함께할 수 있는 시간은 어쩌면 아주 길었다. 길었었다. 둘은 유나가 이주하기 전에 헤어질 수도 있었다. 사람들은 많은 이유로 헤어진다. 유나의 이주는 아직 일어나지 않은 일이었다. 단지 반드시 일어날 일일 뿐이었다.

유나가 하정을 처음 보았던 날. 같은 전차로 퇴근한다는 것을 알고 시간을 맞춰 다니며 지켜보았던 날. 둘이 탄 전차가 마침 고장 났던 날. 하정이 그 전차에서 내리지 않았던 날. 유나가 하정에게 용기 내어 말을 걸었던 날. 함께 퇴근을 시작한 날. 함께 처음 차를 마신 날. 하정이 유나에게 가방을 선물한 날. 가방의 유래를 말해준 날. 소중히 가꾼 작은 박물관 같은 온실을 열어 보여주었던 날. 그 모든 날에 이미, 유나의 이주는 언젠가 반드시 일어날 일이었다. 유나의 세계에서는. 반드시 일어날 일이 아니었던 것은, 사랑에 빠진 것밖에 없었다.

유나는 하정의 턱 끝에 고였다 떨어지는 눈물과, 젖어 드는 고동색 식탁보를 바라보았다.

"미안해."

"사과받고 싶지 않다고 했잖아."

"그래도 미안해."

하정이 딸꾹질을 삼키려 입을 틀어막았다. 유나는 식탁보에 번지는 얼룩을 바라보며 기다렸다.

"나는 여기서 할머니가 될 거야. 매년 새 천으로 커튼을 만들어 달고, 온실을 작은 박물관으로 정리할 거야. 이웃집 아이에게 우리 할머니 이야기를 해줄 거야. 눈이 침침해질 때까지 가방을 만들어 사람들한테 나눠 줄 거야. 다리 힘이 풀릴 때까지 사다리를 오르내릴 거야. 마당은 잡초 하나 없이 깨끗하게 가꿀 거야. 그리고, 그리고, 또……."

유나는 고개를 끄덕였다.

"그래."

한 번의 비행

"100이라는 말을 들었는데, 아무리 생각해도 '100점' 밖에 떠오르지 않더라고요. 100점 만점을 받아 통과하는 길과 감점을 받아 탈락하는 길. 몇 분을 더 앉아 있어도 이 두 가지밖에 생각이 안 났어요. 그래서 떠나야겠다고 생각했죠."

그는 여기까지 말하고 손을 바지에 문질렀다. 붙박이들의 습성이었다. 나는 눈치채지 못한 척하며 상냥하게 웃었다.

"그래서 다른 길을 선택하셨군요. 쉽지 않은 결정이었을 텐데, 말리는 사람은 없었나요?"

'다른 길을 선택하다'는 모호하고 안전한 말이다. 나는 몇 번의 인터뷰를 거치며, 본사를 떠난 사람들이 '회사를 그만두다'나 '학교를 자퇴하다' 같은 표현을 대단히 싫어한다는 것을 알게 되었다. 그들은 한 행성의 붙박이가 된 것을 변화가 아니라 패배로 여겼다. 카두케우스 사의 비행학교는 거대한 우주 기업의 일부일 뿐이다. 솔직히 한 기업의 고용인에 불과한 이들의 격한 반응은 이해하기 어려웠지만, 이들의 존재는 개척 행성 간 언어 학습 격차에 관한 내 연구가 본사의 관심을 끌 수 있었던 이유였다. 카두케우스 사는 고립된 개척 행성의 다음 세대가 본부를 도발하지 않고 계속해서 선망할 유인을 찾고 있었다. 본사 출신 언어 교사들은 행성과 본부를 잇는 중요한 고리였다.

"글쎄요, 있었던 것도 같고. 손해 본 사람들은 확실히 있었죠."

그가 머리를 옆을 돌렸다. 카메라가 그의 시선을 따라갔다. 작은 회색 운동장 저편에서 움직이는 아이들이 보였다. 내가 보고 있다는 사실을 깨달은 그가 설명했다.

"학생들이에요. 여기 아이들은 정말 할 일이 없거든요. 광산 일에는 나이 제한도 있고……. 그러니 심심해서 학교라도 오는 거죠."

"본사에 지원하거나 공무원이 되려는 아이들이 아닌가요?"

그는 우주 표준어를 가르치고 있었다. 말은 순식간에 달라진다. 개척사가 짧은 행성들은 표준어를 잘 사용하는 편이었지만, 역사가 길거나 비상점(飛上点)에서 먼 행성 중에는 독특한 방언이 있는 곳이 많았다. 그가 자리잡은 광산 행성 코쇠1은 가장 가까운 비상점에서 표준시로 두 달 이상 떨어져 있었다. 거대하고 기계화된 광산 행성이라 개척민 간의 교류도 많지 않았다. 태어난 곳에 평생 붙박여 사는 보통 사람들에게야 수십, 수백 광년 너머에서 사람들이 무슨 말로 뭐라고 하든 딴 세상 얘기였지만, 코쇠에서 광물을 실어 날라 전 우주에 파는 카두케우스 사에게 언어는 중요한 문제였다. 말은 효율이며 곧 돈이었다. 무엇보다도, 말은 권력이었다. 카두케우스 사는 비상점 도약 기술로 시장을, 우주 표준어로 사회를 지배했다.

그러나 아무리 본사가 어떤 방언도 우주를 도약하지

않게 통제한다 해도, 마키엔데 1섹터에 있는 본사와 개척 행성들 사이에는 수십 년의 거리가 있었다.

"본사라……. 그렇지도 않아요. 여긴 외진 행성이잖아요. 같은 항성계에 교육 행성 같은 뭔가 다른 세상이 있어서 다른 삶이 보이는 것도 아니고. 이쪽은 모두 광산이니까 평생 돌덩이만 보고 산 사람들이죠. 우주 표준어에 없는 광물이나 광산에 관한 방언이 많은데, 가만 보면 놀랄 만큼 쓸모가 있어요. 굳이 표준어를 배울 이유가 없어요."

나는 그에 관한 자료를 다시 열어보았다. 그는 비행학교를 마지막 학기에 자퇴했다. 단독 실습 비행으로 화물선을 몰고 왔던 코쇠1에 그대로 눌러앉아버렸다. 연고지도 아니었다. 그가 복귀를 거부하는 바람에, 다른 우주 비행사가 화물선을 가지러 코쇠 항성계까지 와야 했다. 큰일은 아니었지만 번거로운 손해였던 것도 사실이었다. 어려서부터 비행학교에서만 살았던 그에게 배상을 청구해봐야 받을 것도 없었던 본사는, 그더러 차라리 거기서 우주 표준어 교사나 하라고 했다. 본사가 우주선에 태워

주지 않는 한 그는 평생 코쇠를 벗어날 수 없었다. 우주 여행은 비매품이다. 보통은 퇴직자들이 맡는 일을 20대에 시작한 덕분에, 그는 지금 가장 경력이 긴 표준어 교사 중 하나였다.

"어쨌든 우주여행은 비매품이니까요."

내 생각을 읽은 듯 그가 다시 내 쪽을 보았다.

"비행학교에 입학하면 제일 처음 듣는 말이 세 가지 있어요. 첫째, 이 우주에는 비상점을 통해 도약하는 초광속 우주선이 있다. 둘째, 이 기술은 카두케우스 본사가 독점하고 있다. 셋째, 그러므로 여러분이 진짜 우주선에 타기 위해서는 우리의 말을 따라야 한다. 여러분이 얼마나 간절히 원하든, 우주여행은 비매품이다."

우아한 운율이 실린 기계적인 낭송을 마치고 그가 픽 웃었다.

"처음 1섹터에 있는 본사 대강당에 서서 이 말을 들었을 때 얼마나 감동했는지 몰라요. 아주 뭔가…… 자박, 하고 끓어오르는 데가 있었죠."

그가 다시 손을 바지에 문질렀다. 나는 코쇠 방언을

지적하지 않았다.

“여기는 표준어 공부를 열심히 하는 동네가 아니니 말을 할 줄 알면 좋기는 해요. 표준어만 잘해도 공항이나 통신 쪽에 취직할 수 있거든요. 광산 일을 못 하는 사람들에게는 말 공부가 제 손으로 먹고살 유일한 기회나 다름없죠. 코쇠는 이제 개척 17세대까지 왔기 때문에, 본부의 생계 지원 프로그램이 거의 끝났거든요.”

“코쇠에서 아이들을 가르치신 지 23년 되었다고 들었어요. 그런…… ‘자박한’ 아이들이 있었나요?”

“21년이에요. 처음 2년은 건물 청소하고 책상 만들고 교육 장비 손보는 데 다 썼으니까. 첫 제자를 21년 전에 받았어요. 몇 명 있긴 했네요. 아주 가끔.”

“첫 제자분은요?”

“아, 서부 5광산에서 물통 사고로 죽었어요.”

그의 답은 지나치게 빨랐다. 마치 답할 때만 기다리고 있었던 듯이. 언제나 생각하고 있었던 듯이.

“그러면 그런 특수한 상황에 처하지 않은 일반 주민들이 표준어를 공부하게 하려면 어떻게 해야 할까요?”

"글쎄요, 별 방법 없을 것 같은데. 실제로 경험해보지 않고서는 모르는 부분이라……."

짜증이 났다. 본부에서 나온 언어 교사들의 나른한 무력감이 지긋지긋했다. 이유야 무엇이든 20년을 넘게 쉬지 않고 일해온 그에게서는 다른 답을 들을 수 있을지도 모른다고 기대했는데. 이번에도 허탕일 것 같았다.

"그러면 대체 왜 이 일을 하시는 거예요?"

내 도전적인 질문에 그가 되물었다.

"당신은 도약해본 적이 있나요?"

"없는데요."

카두케우스 사의 지원을 받은 이번 연구는 통신으로만 진행되고 있었다. 우주여행이 비매품이라는 말은 나에게도 당연히 해당되는 것이었다.

"그러면 몰라요. 아, 나쁜 뜻으로 하는 말이 아니라, 정말로 모르니까 어떻게 할 수가 없어요. 저 아이들도 당연히 몰라요. 여기는 화물선만 2년에 한 번 오는 행성이에요. 여기 사는 1억 8000만 명 중에는 도약을 아는 사람이 아무도 없어요. 그 부유감, 그 암흑, 그 '아무것도 없음'. 나는 우주를 봤어요. 행성과 행성 사이, 행성과 위성 사이의 닫힌 공간이 아니라, 그 너머에 있는 진짜 우주를 보았죠. 도약에는 어떤 영상으로도 대체할 수 없는 무(無)가 있는데, 자기가 좋아할지 아닐지 경험해보기 전엔 몰라요."

그의 시선이 다시 운동장 쪽으로 향했다. 열두세 살 되어 보이는 아이들은 여전히 무언가를 걷어차며 잘 놀고 있었다.

"저 아이들 중에 제가 본 것을 볼 사람이 몇이나 될 것 같아요?"

"많이들 있겠죠. 있어야 하고요."

그가 흥, 하고 코끝으로 웃었다.

"그럴 리가 있나요. 본사 비행학교 들어가기가 얼마나 힘든지 알잖아요. 표준말만 한다고 되는 것도 아니에요. 모행성에서 시험 치고, 항성계에서 또 시험 치고, 섹터 원격 선발까지 통과해 혼자 본사까지 갔다가도, 결국 입학조차 못 하고 그새 몇 년이 흘러버린 고향으로 돌아가 자기보다 나이가 든 동생을 만나거나 부모의 무덤 앞에서야 하는 아이들도 있어요.

설령 합격해 본부가 하라는 대로 다 하면서 5년을 공부하고도 평생 진짜 우주선의 조종간을 잡아보기는커녕 객실에도 앉아보지 못하고 마키엔데 2섹터나 3섹터에 처박혀 서류 작업이나 하다 죽는 사람들도 수두룩하죠. 제가 여기서 21년 동안 일했다고 했죠? 아마 거기 자료에 있겠지만, 말씀하신 대로 코쇠는 언어 학습 성과가 낮은 항성계예요. 제가 지금까지 가르친 코쇠 아이들 중 섹터 선발까지 간 학생은 둘밖에 없었어요. 하나는 결국 가족을 두고 못 떠나겠다고 본부 시험을 포기했죠. 나머지 한 명은 굳이 가긴 갔어요. 어떻게 됐는지 모르겠지만."

나는 파일 하단을 확인했다.

"졸업하고 관제사로 일하고 있네요. 근무지는 비밀이지만요."

그가 조금 놀란 표정을 지었다.

"소금이⋯⋯ 그래요, 그랬나요. 그 아이는 좋아했나 보군요. 통과했구나. 다행이다."

그의 얼굴에 나타난 안도감이 너무나 선명하여, 나는

나도 모르게 불필요한 질문을 던졌다.

"선생님은, 좋아하시지 않았던 건가요?"

"그랬던 것 같아요."

그가 아까처럼 바로 대꾸하더니, 고개를 살짝 흔들었다.

"글쎄, 솔직히 말하면, 단 한 번밖에 경험해보지 못했으니까. 여기에 올 때. 두 번 다시 경험하고 싶지 않았던 것 같기도 하고, 이걸 다시는 못 하게 된다면 죽을 것 같기도 하고 그랬네요. 우주비행사가 되려면 졸업 시험인 마지막 단독 실습 비행에서 100점 받아야 하는 거 알아요? 1점도 부족하면 안 돼요. 거기서 비행사의 길은 영영 끝나는 거죠. 그 생각을 했더니……. 그냥 제가 우주에 나가지 못할 만큼 약한 사람이었을 뿐인지도 모르죠. 우주여행은 비매…… 자기가 좋아한다고 할 수 있는 게 아니니까요."

그가 바지에 문지르던 손을 주머니에 집어넣었다. 손톱 밑에 시꺼먼 때가 끼어 있었다. 광산에서 날아온 재나 돌 부스러기겠지.

"준광속 비행으로 하다못해 수학여행이라도 할 수 있

는 섹터는 어떨지 몰라도, 코쇠같이 외진 항성계에는 답이 없어요. 떠날 이유가 없거든요. 여기 100이라는 말에 100점을 생각하는 사람이 있을까요? 열이면 열, 광산 좌표나 대겠죠. 공부 열심히 한다고 더 행복해질 거라든가 우주가 아름답다든가 하는 거짓말은 못 해요."

천천히 머리를 끄덕이는데, 인터뷰 내내 시선을 비스듬히 피하고 있던 그가 갑자기 고개를 들었다. 눈이 마주쳤다. 나보다 훨씬 먼저 태어났지만, 23년 전부터는 나와 같은 속도로 나이 들었을 그는 무척 늙고 지쳐 보였다. 마치 서서히 존재가 희미해지는 광증에라도 걸린 듯이. 결국 내가 먼저 눈을 돌렸다. 그가 말했다.

"그리고 당신도. 앞으로도 우주비행은 안 하는 편이 좋아요. 기회가 와도, 도약하지 마요."

가을바람

39년 5개월 16일.

그동안 그에게는 이만한 시간이 흘렀을 것이다. 나는 화면에서 눈을 떼며 가볍게 한숨을 내쉬었다.

"선배, 피곤하시죠?"

옆에서 본사에서 보낸 자료를 읽던 윤별이 고개를 들었다.

"아니, 괜찮아."

"아까부터 계속 한숨 쉬시던데, 전망대에 나가서 차라도 한잔하시면 어떨까요? 어차피 곧 착륙이잖아요. 도착하면 더 바쁠 텐데, 무리했다가 막상 현장에서 힘 다 빠지면 어떻게 해요."

"신입한테 들을 소리는 아니다."

"뭐, 그렇긴 하네요. 그런 의미에서 제가 살게요."

윤별이 눈을 찡긋하더니 의자를 빙글 돌려 일어나며 내 어깨를 톡톡 두드렸다.

"자, 자, 쉽시다."

"그런 의미가 어떤 의미인지 모르겠지만."

나는 못 이기는 척 일어나며 중얼거렸다. 그의 말대로였다. 힘을 비축해야 했다. 이번 임무는 중요했다. 어쩌면 사람을 만날 틈 따위는 일부러 찾아도 없을 만큼.

식자재를 공급하는 행성 나달이 보고하는 생산량이 감소하기 시작한 것은 현지 기준으로 8년쯤 전부터였다. 본사에서 현지 보고서와 대책 마련을 요구했으나 해결되지 않아 감사팀으로 일이 들어온 것이 현지 시간으로 재작년이다.

나달은 원래 따뜻하고 물과 산소가 있으면서도 비상점에 비교적 가까워 일찍부터 개척된 식량 행성이다. 1년 내내 온화한 기후와 적당한 습도를 유지하며 토마토, 고구마, 옥수수, 강낭콩, 고추 같은 호온성 작물을 재배해, 일부는 가공하고 일부는 바로 내보낸다. 비상점에 가까운 행성 자체가 많지 않고, 그나마 있는 행성들에서는 자연히 상업이나 금융이 발달했다. 그러니 우주 개발 초기부터 식량 생산만을 위해 개척되어, 캔이나 분말로 가공하지 않은 신선한 식자재를 온 우주에 비상점을 통해 즉시 내보낼 수 있는 나달은 귀한 존재다. 씨앗을 들고 지평선이 끝없이 펼쳐진 행성에 내려 첫 삽을 뜨던 이주민들은, 이곳에서 갓 따낸 토마토 한 줄기가 수백 년 뒤에는 자신들을 몇십 년 실어 나른 우주선의 티타늄 문짝보다 귀해질 줄 상상도 하지 못했으리라.

"……선배 생각은 어때요?"

"뭐가?"

"제 말 좀 들어주세요. 나달 말이에요. 정말 누가 빼돌리고 있을까요?"

"가보면 알겠지."

"선배, 이번에는 되게 의욕 없네요. 일이라면 우주 끝까지도 달려가는 감사팀의 에이스가 왜 이러실까."

말투는 장난스러웠지만, 윤별의 눈에는 웃음기가 없었다. 감사팀의 직원에는 두 부류가 있다. 입으로라도 웃는 사람과 입으로도 웃지 않는 사람. 윤별은 확실히 전자였다.

"말 그대로야. 직접 가서 보지 않고서야 정말 생산량이 감소하고 있는지, 다른 이유가 있는지 우리가 어떻게 알겠어? 섣불리 이런저런 추측을 해봤자 시간 낭비일 뿐이야."

윤별이 고개를 끄덕이더니 창으로 시선을 돌렸다. 나는 그의 시선을 좇아 전망대의 작은 창문을 응시했다. 처음 밖으로 나왔을 때 나를 가장 당혹스럽게 했던 것은 바로 저 창문이었다. 아무리 코를 킁킁거려보아도 아무 냄새가 나지 않는 복도, 어디에나 벽에 붙어 있는 길고 단단한 손잡이, 침대가 간신히 들어가는 작은 방과 침대 위에 올라서면 손이 닿는 낮은 천장. 그 모든 것이 낯설기로는 매한가지였지만, 나를 가장 압도했던 것은 저 작은 창문, 아니 좀 더 정확히 말하면 창문의 부재였다. 나달의 창문은 크고 열려 있었다. 온실이 따로 필요 없도록 만들어진 행성이라 창문 밖으로는 언제나 푸른 들판이 끝없이 펼쳐졌고, 창문을 열면 따뜻한 바람이 실내를 탐험하듯 돌아 빠져나갔다. 나에게 창문이란 밖으로 향하는 것이었다. 나머지 모든 우주에서 창문이 밖을 차단하는 경계라는 사실을 받아들이는 데는 오랜 시간이 걸렸다.

"빨리 끝나면 좋을 텐데."

멍하니 창을 바라보던 윤별이 중얼거렸다.

"왜, 무슨 일 있어?"

그가 눈을 깜빡이고 고개를 흔들더니 픽 웃었다.

"저는 선배처럼 애사심이 드높은 사람이 아니라서요. 후딱 끝내고 후딱 돌아가는 편이 좋아요. 출장은 적을수록 좋고 월급은 많을수록 좋은 우리 회사 만만세."

평소라면 그냥 넘겼을 말이었다. 그렇지만 나달이 가까이 있어서일까, 나는 굳이 입을 열었다.

"기다리는 사람이 있다든지."

윤별이 허를 찔린 표정으로 나를 보았다.

"선배가 아니었으면 화냈을 거예요."

우주를 여행하는 사람들은 서로의 시간에 대해, 조각난 삶에 대해 묻지 않는다. 비상점에서 비상점으로의 이동은 공간과 시간을 함께 접어버린다. 윤별의 집이 어디인지는 모르지만, 그가 나달에서 일주일 머물렀다가 비상점을 넘고 넘어 귀가하는 사이에 집은 몇 달, 심하면 몇 년이 지나 있을 것이다. 똑같은 침대, 책상, 옷장, 낡은 트렁크가 수십 년째 놓여 있을 관사의 내 방이 떠올랐다. 나에게는 기다리는 사람이 없었다. 취업 첫해에는 개를 키웠다. 본부에서 출장 기간 동안 개를 돌볼 사람을 알선해주었지만, 그 텅 빈 집에서 20여 개월을 살면서 내 얼굴을 열흘도 제대로 못 본 개는 나를 볼 때마다 털을 바짝 세우고 노려보며 짖어대다 죽었다. 화분 하나라도 키워보겠다는 생각은 물과 햇볕 없이도 반년은 산다던 선인장과 함께 말라비틀어졌다. 그러나 윤별에게는 아직 바스러지지 않은 기억이 있을지도 모른다. 막 사과하려던 차에, 윤별이 덧붙였다.

"아니, 선배니까 오히려 화를 내야 하나?"

그가 흐흐 속 빈 웃음소리를 냈다.

"어머니께서 편찮으시거든요. 일이 일주일 만에 딱 끝나더라도 집에는 반년 뒤에나 돌아갈 테니 마음 비우고 있어야죠. 이제 연세도…… 음, 정확히는 모르겠지만, 저번 출장 때도 두 번 다시 못 만날 줄 알고 각오 단단히 하고 나왔는데 돌아가서 보니까 멀쩡하시더라고요. 아니, 멀쩡한 건 아닌가? 어쨌든 살아 계시긴 했어요. 이번에도 그렇겠죠."

"미안해."

내가 중얼거렸다. 윤별이 커피를 한입에 털어 마시고 잔을 탁 내려놓으며 일어났다.

"괜찮아요. 시간은 어떻게 할 수 없는 거니까. 누구에게나 마찬가지잖아요? 원래 이런 일이고요. 아, 나 하나 알았다. 선배, 사실은 마음 약하죠? 그거 사회생활엔 약점이에요."

나는 벌써 몸을 돌려 몇 걸음 앞서간 그의 뒤를 서둘러 쫓으며 말했다.

"궤도 진입하자마자 중앙 시스템에 접속할 수 있게 준비나 단단히 해. 착륙하고 나서 빠진 곳이라도 발견하면 곤란하잖아."

나달의 공항은 넓어 보인다. 실제로는 딱 초기 개척 행성의 표준 공항 사이즈이지만 주위를 막은 건물 없이 농지와 이어져 시야가 트인 덕분이다. 문이 열렸다. 가볍게 날리는 먼지, 따뜻한 바람, 끝없이 펼쳐진 논밭, 야트막한 구릉. 옅은 파란색 하늘 서쪽으로 천천히 저무는 해와 동쪽에서 떠오르기 시작한 달들. 나달의 해거름. 나는 잠시 눈을 감고 크게 심호흡을 했다. 흙 내음과 풀 냄새. 코끝을 살짝 찌르듯 가볍게 따라오는 퇴비 냄새. 뒤에서 윤별이 '와 크다'인지 '와 넓다'인지 모를 감탄사를 내뱉었다. 나는 얼른 눈을 뜨고, 기억보다 훨씬 낡은 공항 청사로 발을 옮겼다.

모든 것이 정상이었다. 인구, 농지 배분, 경작 진행 상황. 모종을 키우고, 옮겨 심고, 키우고, 거두고, 내보내고. 윤작 순서 한 번 틀린 적 없었다. 가지밭에 고추를 심은 적도 없었다. 이 행성의 농사는 틀에 딱 맞춰 반복되고 있었다. 나는 얼굴을 찌푸리고 화면을 노려보았다. 아무 문제도 없는데 생산량이 줄 수는 없다. 나는 나처럼 미간에 힘을 잔뜩 주고 앉은 윤별에게 물었다.

"중앙 시스템에도 아무 문제가 없었다고 했지? 위성 기록과 여기 기록 모두 대조해봤어?"

"네, 깨끗해요. 비상점 위성 기록과 여기 공항 기록을 확인했지만 아무것도 없었어요. 내부 전산망도 본사 관리자 모드로 접속해서 살펴봤는데, 밀수선이 오가지는 않았어요. 일반 여객선도 10년에 한 번 올까 말까 했던데요."

"확실해?"

"확실해요. 기록에서 뭔가 찾을 수 있다면 제가 찾아냈을걸요. 혹시나 해서 지난 15년 치 기록을 모두 눈으로 확인했어요. 정말 그냥 생산량이 줄어든 거예요. 인구가 만 명쯤 늘어나서 지하에 숨어 미친 듯이 고구마만 캐 먹은 게 아니라면."

윤별이 조금 자존심이 상한 듯 부루퉁하게 대답했다.

"순찰선 타고 이틀이나 들여 행성 전체를 돌아봤지만 전용한 농경지나 지하 창고도 없었죠. 시장도 매뉴얼대로 운영하고 있다고 하고. 시장뿐 아니라 여기 사람들,

다들 거짓말을 하는 것 같지는 않아요."

나는 첫날 만났던 나달의 시장을 떠올렸다. 밀짚모자가 잘 어울리는 촌로였다. 그는 본사에서 감사팀이 왔다는 사실에 어쩔 줄 몰라 하는 눈치였다.

"저희는 이곳 나달의 하늘과 땅이 시키는 대로 최선을 다하고 있습니다. 저희가 농사지어 본사에 안 보내면 어디로 보내겠습니까."

시장은 경운기에 우리를 태워 가공식품 공장으로 안내했고, 우리는 사람이라곤 경비원밖에 없는 단순한 무인 공장들 주위를 혹시 작은 구멍이라도 있을까 해서 몇 번이나 돌아보았다. 공장 건물 아래 생긴 그늘에도 파와 부추가 알뜰하게 자라고 있었다. 그는 보고서와 별도로 자신이 매일 손으로 쓰고 있는 경작일지도 보여주었다. 책상 한구석에 가지런히 꽂힌 낡은 공책 수십 권. 그는 파슬리, 오이, 토란, 호박 담당이었다. 나는 그의 주름진 얼굴에서 낯익은 부분을 찾아내려 애쓰지 않았고, 그가 하는 일이 하늘이나 땅이 시킨 것이 아니라 본사의 수익 창출 과정이라는 사실을 지적하지도 않았다.

내가 시장과 각 섹터 담당자들을 만나 이야기를 듣고 손으로 쓴 기록을 훑어보고 창고를 하나씩 들여다보는 사이 윤별은 시스템 담당자부터 공항 직원까지, 나달에서 전산망을 맡고 있는 몇 안 되는 사람들을 모두 만나고 다녔다. 그의 방에서는 밤늦게까지 불빛이 새어 나왔다. 입으로는 슬렁슬렁이지만 과연 감사팀 능력자였다. 윤별이 무언가 놓쳤을 것 같지는 않았다. 문제가 있다면 윤별이 아니라 내 쪽이리라. 나는 의자에 걸어두었던 카디건을 집어 들어 팔을 꿰었다.

"선배, 어디 가세요?"

"어차피 이렇게 계속 앉아 있어도 답 안 나올 것 같으니 산책이라도 할까 해서."

나는 잠시 망설이다 덧붙였다.

"같이 갈래?"

윤별이 당황한 듯 애매한 표정을 짓더니 금세 흐, 하고 웃었다.

"이런 기회를 놓칠 수야 없죠."

우리는 숙소인 시청 건물을 나서서 천천히 걸었다. 나

달에는 산이 없지만, 시청에서 15분쯤 걸어가면 그럭저럭 높은 편인 언덕이 나온다. 원래는 학교 부지였으나 거주지에서 조금 멀다 보니 지금은 잡초지, 말하자면 공원 비슷한 용도로 쓰이고 있었다. 온 땅에 농사를 지어야 하는 행성에서는 편하게 깔고 앉을 풀밭 찾기가 어렵다. 따뜻한 바람이 불자 양옆으로 높이 자란 옥수수들이 흔들리며 희미한 소리를 냈다. 우리 집은 옥수수 농사를 지었다. 나는 제초 담당이었다. 오전 수업이 끝나면 집에 가방을 던져놓고 다른 옥수수집 아이들과 함께 몰려나와 북에 돋은 잡초를 뽑고 또 뽑았다. 기계화니 자동화니 하는 말도 어느 정도 자라 수확이 다가올 때 이야기이고, 싹을 틔우고 생명을 키우는 하루하루는 결국 사람 손에 달려 있었다.

옥수수가 아이들 키보다 높이 자랄 때쯤, 그러니까 딱 지금쯤이 되면 오후 수업이 생겼지만, 우리는 종종 교실에서 빠져나와 옥수수밭으로 숨어들었다. 넓디넓은 밭이라 해도 몇 달 동안 제 손을 대며 가꾼 고랑에서 길을 잃고 헤맬 일은 없었다. 어려서는 술래잡기를 했고 조금 더 자라서는 집 안에 뒀다가 들키고 싶지 않은 보물을 숨겼다. 그다음에는, 그를 만났다. 나달의 논과 밭 사이 도랑 길을 누구보다 잘 알던 그. 나달의 햇빛을 받으며 나달의 땅에 씨를 뿌리는 사람들은 대부분 나달을 좋아했지만, 그의 고향 사랑은 유난스러웠다. 조용하고 평화롭고 생명으로 충만한 곳. 그는 나달을 그렇게 묘사했다. 그를 통해 나의 나달은 우주선도 대학도 군대도, 진짜 공장도 동물도 없는 행성이 아니라 그가 있는 곳이 되었다. 아주 잠깐. 나달이 우주선도 대학도 군대도, 진짜 공장도 동물도, 그리고 내 곁의 그도 없는 곳이 되기 전, 아득히 먼 옛날에.

"선배? 더 가세요?"

"응?"

고개를 들어 보니 어느새 언덕이었다. 나는 일부러 그 자리에 멈춰 선 양, 커다란 나무 밑에 털썩 주저앉았다. 윤별이 옆에 앉아 다리를 쭉 뻗었다.

"저렇게 넓고 푸른 밭에서 생산량이 제대로 안 채워지다니 믿기지가 않아요."

흔들리는 옥수수를 한참 동안 바라보던 윤별이 불쑥 말했다.

"어디로도 빠져나가지 않았다면, 보고대로 아예 수확 자체가 줄어들었다는 뜻인데 대체 원인이 뭔지……."

그가 말끝을 흐렸다.

"벌써 닷새째인데 성과가 없어서 큰일이다. 내일이라도 뭔가 나와야 이틀 안에 마무리 짓고 제때 나갈 텐데."

내가 걱정스레 말했다. 윤별이 고개를 갸웃거리더니 작게 웃었다.

"걱정해주시는 거예요?"

나는 9년 전, 아니 40여 년 전과 같은 자리를 채우고 똑바로 선 옥수수들을 바라보았다.

"기다리는 사람이 있잖아."

우리에게는 아주 드문 일이지. 나는 뒷말을 삼켰지만, 윤별은 알아들은 것 같았다. 한 번이라도, 단 한 번이라도 우주를 여행해본 사람은 안다.

"괜찮아요, 좀 늦어져도. 이번 마감 못 맞추면 한 달 뒤에 온다는 수송선 타고 돌아가도 돼요."

"하지만……."

윤별이 손 닿는 곳의 잡초를 잡아 뽑았다.

"사실은요, 선배, 어머니는 저 못 알아보세요. 살아 계시긴 한데, 절 기다리시지는 않아요. 그냥 요양원에 하루 종일 누워 계실 뿐이죠. 오래전부터 그랬어요. 돌아갈 때마다, 이번엔 끝났겠지 하고 생각해요. 나에게는 잠깐인 사이에 어머니의 시간은 더 빨리 흐르니까 그편이 더 쉬울 것 같아서……. 그런데 그게 그렇게 간단하지 않더라고요."

작은 잡초 더미가 생겼다. 윤별이 손을 탁탁 털고 바지춤에 슥 닦더니 일어났다.

"그러니까 정말로 괜찮아요. 동경하는 선배하고 이렇게 둘만 있을 기회가 날마다 오는 것도 아니고. 뭐, 빨리 끝내서 저의 능력을 본부에 널리 알리는 것도 좋지만요. 선배를 능가하는 차세대 에이스로 주목받을지도 몰라요."

나는 입으로만 웃고 있는 윤별을 올려다보았다. 이마에 물방울이 똑 하고 떨어졌다.

"이게 뭐지?"

내가 이마를 닦자 윤별이 고개를 돌려 주위를 휙 둘러보았다.

“어라? 비 오네요?”

“비?”

윤별의 말대로였다. 나무 밑에 있어서 눈치채지 못한 사이에 부슬비가 내리고 있었다. 나뭇잎에 고인 물방울 하나가 윤별의 눈가에 내려앉더니 눈초리를 타고 흘렀다.

“돌아가야겠어요.”

윤별이 언덕을 미끄러지듯 뛰어 내려가기 시작했다.

나는 옥수수 사이를 달려가는 윤별을 멍하니 바라보았다.

“선배, 비 더 맞기 전에 뛰어가죠?”

윤별이 나를 돌아보며 소리쳤다.

“기상대.”

“네?”

나는 허겁지겁 내달렸다. 흙먼지가 가라앉는 탁한 냄새가 서늘한 바람에 실려 왔다.

“기상대! 기상대가 범인이야!”

나는 윤별의 어깨를 쥐고 숨을 골랐다. 윤별은 여전히 반쯤 어리둥절한 얼굴이었다.

"날씨, 오늘 비 온다는 말 없었어. 게다가 아까보다 추워."

젖은 카디건이 팔에 달라붙었다. 소름이 돋았다.

"기상대 전상망 확인하고 담당자 불러."

나는 빗방울을 걷어차듯이 달렸다.

"선배 말씀대로예요. 날씨가 좀 이상해요."

윤별이 화면을 보며 짚었다.

"행성 전체 온도가 0.43도나 내려갔어요. 단기 날씨 변동도 심해서 여기, 빨간색으로 표시한 부분이 작년 한 해에 비 오는 날이 아닌데 비가 내린 날이고 파란색으로 표시한 부분이 오차 범위보다 기온이 더 내려간 날이에요. 비가 온 날은 당연히 기온도 더 떨어졌죠. 공항 수기록과 기상 위성 백업 기록은 같은데 기상대가 본부에 제출한 보고서 내용이 달라요. 이래서야 작황이 나빠질 수밖에 없죠. 아직 다 살펴보진 못했지만 최소한 지난 8년 동안은 일관되게 온도가 하락했을 거예요. 시스템이

한 번에 망가지지는 않으니까, 15년? 이르면 20년 전부터 날씨가 안 맞는 날은 있었을 테고요."

"원인이 뭐야?"

"일차적으로는 시스템 노화예요. 노후한 기상 제어 시스템이 말썽을 일으킨 거죠. 요즘 시스템은 이것보단 오래가긴 하는데, 초기 개척 행성이라서 모델 자체가 구형인 데다 여기처럼 행성 전체가 하나의 기상 제어 시스템에 의존하는 곳은 많지 않으니까 미리 예상하고 대비하지 못했겠죠. 하지만 기상대에서는 바로 알았을 텐데 어째서 즉시 보수를 요청하지 않고 기록을 조작했는지는 모르겠네요. 기상 제어 시스템은 100프로 자동이니까 기상대에서 어떻게 하려야 할 수도 없잖아요? 기상대는 예보와 사후 기록 같은 단순 작업만 맡고 있는데……. 내일 온도가 몇 도일지, 비가 올지 말지도 모르면서 농사를 지으려면 굉장히 힘들었을 거예요. 기상 위성 새로 설치하고 시스템 업데이트하면 몇백 년은 거뜬할 일을 이렇게 숨기고 있었다니."

나는 오른쪽 아래로 비스듬하게 내려가는 그래프에

고추처럼 돋아난 빨간 삼각형을 응시했다.

“담당자에게는 연락했어?”

“네, 기록 조작 확인하고 나서 바로 기상대장을 호출했어요. 다 발각됐으니 해명하러 오라고요. 뜻밖에 순순하던데요.”

비가 그치고 구름이 걷혔다. 창문을 열었다. 어느새 평소의 나달 날씨로 돌아와 있었다. 비에 젖은 벌판이 반짝반짝 빛났다.

“왜 그랬을까요?”

윤별의 목소리에는 당혹감이 선명하게 실려 있었다. 지난 닷새 동안 만난 이들 중에 우리를 작정하고 속이는 듯한 사람은 없었다. 스스로도 자신이 있는 감사팀의 직감을 빼놓고 생각해보아도, 기상 제어 시스템 고장은 현지인들의 책임이 아니니 문책당할까 봐 숨길 일이 아니었다. 오히려 본사가 제공하는 이주 계약에 포함된 복지 서비스였다. 나는 무지갯빛 물기를 머금은 옥수수밭을 바라보았다. 길 저편에서 시장의 경운기가 다가오고 있었다. 시장 옆에는 동행이 있었다. 아마 기상대장이겠지.

털털 소리가 들려왔다. 나는 고개를 저었다.

"나도 모르겠어. 본인들에게서 들어야지."

문 두드리는 소리가 들렸다.

"들어오시죠."

시장이 문을 열었다. 한 손에는 밀짚모자를 들고 있었다. 첫날처럼 어쩔 줄 몰라 하는 표정이었다. 시장이 모자로 방어하듯 가슴을 가렸다.

"이렇게 되어 정말 죄송합니다. 기상대장과 같이 왔습니다."

그리고, 그가 들어왔다.

나는 만에 하나 그를 마주치더라도 알아보지 못할 줄 알았다. 40여 년이 흘렀다. 내가 기억하는 그는 터질 듯한 에너지를 사방에 뿜어내는 10대 소녀였다. 9년 만에 나달의 해거름을 보며, 나는 그가 살아 있다고 해도 인생에서 저와 같은 단계에 있으리라고 생각했다. 얼굴은 주름지고 허리는 굽고, 아마 턱이며 배에는 살이 붙어 출렁거리리라. 들판 너머까지 선명하게 울리던 목소리도, 자신만만하게 맨발로 흙을 밟던 몸놀림도 사라졌으리라. 그러니 봐도 모르리라.

생각한 대로였다. 그는 어기적거리는 게처럼 걸어 들어왔다. 살이 붙은 다리를 한 번 움직일 때마다 지팡이가 바닥을 짚는 소리가 쿵 하고 따라 울렸다. 그렇지만, 아, 그렇지만, 나는 틀렸다.

그도 마찬가지였다. 아마 그에게는 더 쉬웠겠지. 나는 그가 기억하는 모습에서 크게 변하지 않았을 테니. 그는 방에 들어서자마자 나를 알아보았다.

"……왜?"

한참 만에 내가 물었다. 그 옛날에 그랬듯이. 언제나 먼저 말하는 사람은, 그의 목소리를 들어보려고 간청하는 사람은 나였다. 왜 거짓 보고를 해? 왜 날 잡지 않아? 왜 함께 떠나지 않아? 왜 날 사랑하지 않아? 왜 날 사랑해?

네 소중한 나달의 토마토밭을 죽음의 비닐처럼 덮는 안개비를 보며 '기온 25도 맑음'을 써넣을 때, 너는 무슨 생각을 했니?

지팡이에 몸을 기댄 채 유령을 만난 듯 두 눈을 부릅

뜨고 나를 보던 그가 입을 열었다.

"나달은 늙어가고 있어. 나처럼. 자연스럽게."

윤별이 나섰다.

"무슨 말씀이십니까. 기상 제어 시스템이 낡은 것뿐입니다. 교체하면 그만이에요. 나달은 본부 소유의 식량 행성입니다. 중요한 기상 보고서를 허위 작성하고 목표량을 생산하지 않은 것은 중대한 계약 위반입니다."

하늘과 땅이 시키는 대로. 첫날 시장이 한 말이 떠올랐다. 그의 옆에 서 있던 시장이 모자를 꽉 쥐었다.

"비도 구름도 추위도 모두 나달입니다. 저희는 나달의 바람에 따라 땅을 일구었을 뿐입니다. 생산량은…… 죄송합니다."

"자연이라니."

윤별이 어이없어하며 혀를 찼다.

"여긴 개척 행성입니다. 저 하늘도 땅도 바람도 애당초 인공물이라고요. 저 너머에 기상 위성이 있어서 프로그램을 돌리고 있다 이겁니다. 고장이 난 거예요, 고장이. 고쳐 쓸 걸 방치해서 지금 얼마나 손해가 난 줄 아십니까?"

"그렇지만……."

시장이 눈길을 돌리며 말끝을 흐렸다. 그가 차분히 시장의 말을 받아 맺었다.

"그렇지만 수진아, 나달에 찾아온 가을은 너무나 아름다웠어."

내 이름을 들은 윤별이 주춤 물러서며 숨을 들이켰다. 나는 뒤통수를 찌르는 윤별의 시선을 애써 외면하며 물었다.

"그동안 무엇을 했어?"

"어머니가 되었어."

"어머니가 되었구나."

나는 마치 엄마의 말을 흉내 내는 아기처럼 그의 말을 천천히 따라 읊었다.

"다른 사람을 만났어. 아이를 낳았지. 어머니가 되었어. 또 아이를 낳았어. 아이가 아이를 낳았어. 그리고……."

그가 내 뒤로 활짝 열린 큰 창문을 향해 눈을 돌렸다. 부드럽지만 기억하는 것보다는 조금 축축하고 서늘한 바람이 내 목덜미를 간질였다.

"이것이 책에서만 보았던 가을이구나, 하고 생각했어."

"어떻게 하실 거예요?"

윤별이 물었다. 나는 그들이 단단히 닫고 나간 문을 응시했다. 나무 바닥을 짚는 지팡이 소리가 서서히 멀어졌다.

"보고해야지. 여기 적어도 500년은 더 쓸 수 있는데."

윤별은 한참을 말이 없었다.

돌아가는 길은 한가했다. 우리는 남은 이틀 동안 시청의 숙소에 틀어박혀 보고서를 썼고, 이렛날에 예정대로 도착한 수송선에 조용히 올랐다. 비는 다시 오지 않았다. 공항에 나와 배웅하는 이도 없었다. 나는 보고서를 다시 한번 검토하겠다며 수송선의 작은 방에 가만히 앉아 있었다.

"선배, 바쁘세요?"

매끼 같이 먹자고 불러대던 올 때와 달리, 나달을 떠난 뒤 줄곧 제 방에만 있던 윤별이 문틈으로 얼굴을 쑥 내밀고 물었다.

"아니, 괜찮아."

"뭐, 별건 아니고요……. 저도 관사 신청할까 해서요. 선배는 어디 사신다고 하셨죠?"

서로 물은 적도 답한 적도 없는 질문이거늘.

"마키엔데 7섹터."

"그러면 저도 거기로 갈래요. 근속 조건 있어요?"

"어딘지도 모르면서. 절대 근속 5년 채워야 해."

"에이스가 사는 데면 멋진 곳이겠죠. 뭐, 좀 더 기다려야겠네요. 5년이면 엄청 돌아다녀야겠다. 하지만 시간 잘 맞추면서 버티면 선배하고 한동네 주민이 된다 이거지."

윤별이 저 혼자 고개를 끄덕끄덕하더니 방으로 스윽 들어왔다. 내가 움찔 놀라며 고개를 들자, 그가 내 코앞에 얼굴을 내밀고 씩 웃었다.

"선배, 사실은 들이대는 연하에게 약하죠?"

"뭐?"

나는 정색을 하다 말고, 웃음이 채 닿지 못한 채 불안하게 흔들리는 그의 두 눈을 쳐다보았다. 그리고 개와 선인장과 지금도 조금씩 시들어가고 있을 나달의 고구마 줄기와 옥수숫대를 생각한 다음 천천히, 온 힘을 다해 입꼬리를 끌어 올려, 웃었다.

무심(無心)

1

근처에 앉은 승객이 작게 코 고는 소리가 들렸다. 지상에서는 이게 문제였다. 세진은 얼굴을 찡그렸다가, 미간을 억지로 펴고 가만히 심호흡을 했다. 하나, 둘, 하나, 둘. 숨을 내쉴 때마다 마음속에 벽을 조금씩 세웠다. 본사까지 열두 정거장. 버텨야 했다. 세진은 호흡에 집중하며, 가장 작은 조종석을 떠올렸다. 가장 큰 화물선의 가장 작은 조종석. 살아 있는 것은 그 한 사람밖에 없는 우주선. 그의 숨소리만 들리는 공간. 우주선 밖의 진공과 정적. 주위가 서서히 조용해졌다.

2

우주여행은 비매품이다. 카두케우스 사는 우주비행사들에게 우주여행의 꿈을 팔았다. 우주비행사는 초광속 항행에 반드시 필요하지만, 많은 수가 필요한 직업은 아니었다. 비상점 도약에는 인간 우주비행사가 필요했다. 인류가 비상점에 대해 아는 것은 아주 적었다. 우주에는 비상점이 있고, 인류에게는 카두케우스 우주선이 있었다. 카우케우스 비행학교가 양성한 우주비행사들은 카두케우스 사의 우주선으로 비상점을 통과하는 도약을 할 수 있었다. 카두케우스 사는 이 독점 기술로 우주를 통제했다. 본사는 우주 전체에서 가장 우수한 학생들을 비행학교로 모아 가르친 후, 그중 소수만을 우주비행사로 양성했다. 나머지 학생들은 가끔 우주선을 타는 사람, 우주선 운용을 돕는 사람, 우주선을 유지하는 사람들이 되었다.

세진은 비행학교에서 여러 유형의 사람들을 만났다. 어떤 사람들은 어려서부터 우주비행을 꿈꾸었다고 했다. 어떤 사람들은 여행을 좋아했다. 가족과 고향을 두고 먼 길을 온 여정을 이야기했다. 어떤 사람들은 미지에 매료되었다. 오직 카두케우스에서만 가능한, 우주여행에 동반한 지적 도전을 꿈꾸었다. 어떤 사람들은 비상점을 통해 때로는 세대까지 넘는 초광속비행의 패러독스에 심취했다. 어떤 사람들은 우주의 아름다움을 말했다. 어떤 사람들은 영원과 불멸을 말했다.

비행학교에서는 모두들 우주비행사가 되고 싶어 안달이었다. 그만큼 절실하지 않은 학생들은 애당초 비행학교에 입학하지 못했고, 집단적 절박함은 그 자체가 거대한 동력원이 되어 학생들을 더 큰 절박함으로 다시 이끌었다.

비행학교 입학식 날, 세진은 넓은 강당에 서서 본사 파견 대표의 말을 들었다.

"여러분은 세 가지를 명심해야 합니다. 첫째, 이 우주에는 비상점을 통해 도약하는 초광속 우주선이 있다. 둘째, 이 기술은 카두케우스 본사가 독점하고 있다. 셋째, 그러므로 여러분이 진짜 우주선에 타기 위해서는 우리의 말을 따라야 한다. 여러분이 얼마나 간절히 원하든, 우주여행은 비매품이다."

세진은 주위를 둘러보았고, 많아야 열두어 살 남짓한 학생들이 그 기수의 집단적 절박함을 가동하기 시작하는 것을 느꼈다.

세진에게는 자질이 있었다. 세 살이었던 세진을 본사에 추천한 보육 교사는 세진에게서 높은 지능과 뛰어난 이해력을 보았다. 세진이 다닌 본사 영재학교는 세진의 흔들리지 않는 집중력과 안정성을 높이 평가해 열 살이 되자마자 세진을 비행학교로 보냈다. 그리고 세진에게도, 그 나름 절실한 데는 있었다.

세진은 다른 사람들과 함께 살고 싶지 않았다.

비행학교는 어려웠다. 많은 학생이 본사가 가장 우수한 학생을 선발한다고 믿었다. 간절함은 사람들의 눈을 가린다. 사실 본사는 비행학교에서 우주비행사를 선발하지 않았다. 완벽한 우주비행사에 적합하지 않은 인물을 소거했다.

세진은 주어진 선택지를 살펴보았다. 다른 사람을 마

주치지 않을 수 있는 직업은 아주 적었다. 우주비행사는 그중 가장 낫고 확실한 길이었다. 우주비행을 하면 공간적으로나 시간적으로나 현재와 멀어졌다. 비상점에서 도약한 다음 준광속으로 어디든 다음 목적지로 가면 많은 것이 달라져 있었다. 우주에는 긴 인연이 없다. 우주선 또한 좋은 공간이었다. 큰 공간이 작은 공간, 더 작은 공간으로 분명히 나뉘었다. 우주에 만들어진 모든 공간에는 용도가, 모든 사람에게는 목적이 있었다.

우주비행사는 고독한 직업이다. 오랫동안 혼자 있어도 괜찮은 사람이 유리했다. 타인을 필요로 하는 사람보다는 필요로 하지 않는 사람이 나았다. 사람을 너무 싫어하면 곤란하겠지만, 조금 불편해하는 정도는 괜찮았다. 세진은 이런 의미에서 안정적이었고, 이는 분명 우주비행사의 자질이었다.

보직 변경 없이 같은 일을 계속하려면 충성심과 애사심도 있어야 했다. 세진은 사람들과 섞여 살지 않을 수 있다면, 본사에 기꺼이 충성할 수 있었다. 세진은 본사가 모든 학생의 장단점을 낱낱이 꿰뚫어 보리라는 믿음에 장래를 걸었다. 세진은 자신을 숨기려는 시도를 하지 않았고, 본사를 믿었다. 완벽한 우주비행사가 못 될 학생들을 솎아내는 힘을 믿었다. 어떤 질문도 하지 않고 주어진 역할을 수행했다.

세진이 판단하기에, 카두케우스 사에는 세진 같은 사람이 필요했다. 많이 필요하지 않을 뿐이었다. 꿈과 희망과 도전 정신으로 인류의 미래를 향해 나아가는 카두케우스 사와 그 최전선에 선 우주비행사들의 이미지에 명암을 넣는 사람이었다. 세진은 수많은 심리 평가와 심층 정신 분석을 무사히 통과하고 비행학교를 졸업하고, 우주비행사가 되었다. 화물선이었다.

세진은 비로소 안도했다. 역시 본사는 틀리지 않았다. 세진은 도약을 반복하며 화물을 실어 날랐다. 오랫동안 누구와도 말하지 않아도 되고, 누구와도 만나지 않아도 되는 일이었다. 우주선의 항법 장치와 소통하고, 받은 비행 스케줄대로 우주선을 몰고 다니고, 통신으로 보고를 제출했다. 아주 드물게 다른 비행사와 함께 일할 때에도 대체로 교대 근무였다. 살 것 같았다. 몇 년 후 마키엔데에 관사가 주어졌지만, 세진은 관사에 살지 않았다. 우주항 근처에 묵다가 다음 비행 스케줄을 받는 대로 이동했다. 세진은 자신의 삶에 만족했다. 아무도 없는, 평화로운 삶이었다.

본사가 그를 마키엔데 1섹터로 호출하기 전까지는.

3

나윤은 먼 길을 온 우주비행사를 바라보았다. 그는 탁자 맞은편에 불편한 표정으로 앉아 있었다. 두 사람이 쓰기에는 너무 넓은 회의실에, 스무 명도 넘게 둘러앉을 수 있는 커다란 탁자였다. 나윤이 아니라 그에게 맞춘 공간이었다. 나윤은 그가 이 일을 거절하지 않으리라 확신했다.

나윤은 세진에게서 비밀 보장 서약을 받자마자 말했다.

"본론만 짧게 말씀드리겠습니다. 새로운 비상점이 발견됐고, 유인 탐사를 해야 합니다. 본사는 최세진 씨가 적임자라고 판단했습니다."

세진이 탁자 모서리에서 나윤에게로 천천히 시선을 옮겼다. 세진이 나윤의 얼굴을 탐색하듯 쳐다보았다. 나윤은 그 흉내에 속지 않았다. 세진은 다른 사람의 표정을 읽을 줄 몰랐다. 그는 틀린 질문을 하지 않기 위해 말을 고르고 있었다. 세진이 고개를 살짝 까닥였다가, 그가 지금 움직임을 인식하는 항법 장치가 아니라 사람을 마주하고 있다는 것을 뒤늦게 깨달은 듯 입을 열었다.

"설명을 부탁드립니다."

철필로 유리를 긁는 듯 거친 목소리였다.

큰 탁자 위로 알려진 우주의 지도가 나타났다.

"지금 마키엔데에서 가장 먼 비상점은 엔데 항성계에 있었습니다. 여덟 번 도약이 최단 경로이고, 준광속 구간까지 더하면 표준시로 편도 2년 10개월이 소요됩니다. 이번에 새로 발견된 비상점은 마키엔데에서 도약 여섯 번 만에 갈 수 있지만, 준광속 구간을 더하면 표준시로 3년이 소요되는 곳에 있습니다. 입구만 확인된 상태로, 가장 가까운 항성계는 네로보 항성계입니다. 네로보

6행성은 유인 행성입니다. 행성과 위성 두 개 모두 거주민이 있고, 현재 총인구는 2억 명 정도입니다. 알려진 우주 내에 이 새로운 비상점과 이어지는 다른 비상점은 없습니다."

"유인 항성계 옆에, 몰랐던 비상점이 있었다는 말인가요?"

유인 항성계에는 당연히 비상점이 있다. 우주선이 비상점을 통해 도약해야 이주가 가능하기 때문이었다. 나윤은 세진이 '몰랐던'의 주어를 생략한 것을 눈치챘다. 본사는 무지를 시인하는 법이 없었고, 세진은 영리한 사람이었다.

"그랬던 셈입니다. 네로보 항성계가 본래 이용하던 비상점보다는 상당히 멀지만 준광속으로 항행 가능한 거리입니다. 카두케우스 우주선 표준 비행으로 9개월 거리입니다. 이 새로운 비상점 주변에 달리 유의미한 항성계는 없습니다."

"출구가 확인되지 않은 이유는 뭔가요?"

여기부터가 까다로웠다. 나윤은 최대한 태연히 답했다.

"첫째, 멀기 때문입니다. 편도 3년 거리니까요. 둘째, 주변에 유의미한 항성계가 없어 조사 시설 구축에 시간이 많이 걸렸습니다. 기존 비상점으로 무인 우주선과 설비를 옮긴 후, 그곳에서 다시 조사 대상 지점으로 이동하여 설비를 갖추어야 했습니다. 셋째, 가장 가까운 유인항성계인 네로보 항성계는 본래 이주 프로그램을 폐쇄하려던 곳이었는데, 이번에 이 비상점이 발견되어 이주 프로그램 갱신 가능성이 생겼습니다."

"알려진 우주 밖이라도 일단 도약하고 나면 출구의 절대 위치는 알 수 있지 않습니까."

세진이 큼, 하고 자주 쓰지 않은 목을 가다듬었다.

"아직 도약을 안 한 거군요."

세진은 나윤의 존재를 잊은 듯 앉아 있다가, 이내 정신을 차리고 물었다.

"왜 제가 가장 먼저 선택된 겁니까?"

아, 세진이 처음이었다면.

나윤은 조용히 대답했다.

"세진 씨가 처음이 아닙니다."

세진은 나윤의 말을 금방 알아들었다. 본사는 언제나 최적임자를 골랐다. 아마 세진보다 적임자가 있었을 것이다. 그러나 그가 탄 우주선에서 연락이 오지 않았겠지. 절대 위치 송신조차 없었다면 우주선이 완전히 파괴되었거나 심각한 고장이 발생했을 것이다. 일단 도약만 무사히 이루어지면 설령 비행사가 죽더라도 위치 송신은 가능했다. 우주비행사가 도약 자체에 실패했을 가능성도 없지는 않았지만, 보통은 생각하기 어려운 경우였다. 우주비행사들은 도약에서 실수하지 않는다.

알려진 우주 내에 비상점의 출구가 없다고 하니, 그 비상점을 통해 도약한 우주선은 인류가 모르는 낯선 곳에 도착했을 것이다. 일단 비상점을 통과한 우주선은 본사에 그 절대 위치를 송신할 수 있다. 하지만 다음 우주선이 올 때까지 아주 오랜 시간을 기다려야 할 가능성도 적지 않았다. 극단적으로는 출구가 은하계 반대편일 수도 있었다. 알려진 우주가 다 알려지기 전에 다음 우주선이나 동료를 기다리다 홀로 죽은 우주비행사가 한둘이 아니었다. 그들은 대체로 이런저런 항성계의 이름이나 우주선 이름이 되어 시험에 나왔다.

세진에게는 이제 와서 굳이 비행학교 문제의 보기가 되고 싶은 욕구는 없었다. 그러나 본사가 외지를 돌던 우주비행사를 굳이 선택해 수도까지 호출한 데에는 그만한 이유가 있었으리라. 세진은 주어진 선택지를 헤아려보았다. 몇십 년 전과 마찬가지로, 그에게 주어진 선택지는 애당초 아주 적었다. 항명하면, 아마 본사는 세진을 바로 이곳에 남길 것이다. 지시한 곳으로 비행하지 않는 우주비행사에게 우주선을 맡길 수는 없었다. 지상에서 살며 뭐든, 아마 지금까지의 경험을 그나마 최대한 활용할 수 있는 일을 하게 되리라. 세진은 이 회의실로 오던 길을 생각했다. 마키옌데 우주항에서 정거장으로 걸어 나오며 본 사람들과 지상차에 올라 열두 정거장을 거치며 마음속으로 쌓아야 했던 벽이 떠올랐다. 날마다 그런 벽을 쌓으며 살아야 하는 삶을 상상하니, 마키옌데 착륙 하루 만에 우주로 돌아가고 싶었다. 그래, 세진에게는 선택지가 없었다.

"언제 어디로 가면 됩니까?"

4

세진은 나윤을 알아보지 못했다. 예상대로였기에, 나윤은 세진에게 혹시라도 자신을 기억하는지 굳이 묻지 않았다. 둘은 2인 1실에서 두 해를 함께 보냈다. 같은 수업을 듣고 같은 훈련을 받았다. 같은 욕실을 썼다. 함께 불을 끄고 잠들었다. 세진은 다정한 사람은 아니었지만 해로운 사람도 아니었다. 최소한 나윤에게는 그랬다.

2년은 긴 시간이다. 우주인들에게 표준시로 흘러간 연속적인 시간은 더욱 특별하다. 그러나 돌이켜보면, 나윤은 어려서부터 소소한 일에도 의미를 부여하는 사람이었다. 아마 그래서 우주비행사가 되지 못한 것이리라. 나윤은 쓴웃음을 지었다. 그도 우주비행사가 되고 싶었던 적이 있었다. 우주인이 되지 못하면 죽을 것 같은 날들이 있었다. 세진과 함께 절박했던 때가 있었다. 다만 그때는 세진도 나윤도, 무작정 앞으로만 굴러가는 거대한 바퀴의 일부였다. 나윤은 세진이 실은 외따로 굴러가는 사람인 줄 몰랐다. 세진은 다른 사람을 필요로 하지 않았다. 원치도 않았다.

나윤은 세진에게 한 번도 특별한 사람이었던 적이 없었다. 세진은 그저 같은 방을 받았기에 나윤과 함께 살았고, 같은 학년이기에 나윤과 같은 수업을 들었고, 동선이 같기에 나윤과 한 조로 훈련을 받았다. 나윤이 끌어당기기에 끌려왔고, 나윤이 손을 놓는 순간 한 번도 닿은 적 없었던 양 제자리로 돌아갔다. 나윤이 아니라 누구라도 상관이 없었다. 세진은 주어진 문제를 풀고 훈련을 받듯이 살았다. 과제를 수행하듯 나윤과의 관계를 유지했다.

그때의 나윤은 세진이 왜 우주비행사가 되고 싶어 하는지 몰랐다. 그때의 나윤은 세진 같은 사람을 상상할 수 없었다. 그래, 아마 이 모양이라 우주비행사가 되지 못했겠지. 실은, 지나고 보니 나윤은 우주비행사가 되지 않아도 괜찮은 사람이었다. 자신에 대해서도 몰랐던 그가 세진만큼이나 자신과 다른 사람을 어떻게 알 수 있었을까. 나윤은 큰 착각 속에 살았었지만, 그때의 모든 기억과 경험이 다 착각은 아니었다. 나윤은 그저, 몰랐다.

나윤은 세진이 자신의 존재를 단순히 견디고 있을 뿐이라는 사실을 깨달았던 날의 좌절감을 기억했다. 세진이 나윤을 딱히 더 싫어한 것조차 아니라는 사실에 울어야 할지 안도해야 할지 알 수 없었다. 절망해 세진을 피해 다니다가, 나윤이 무엇을 하든 세진은 조금도 신경 쓰지 않는 데 실망하여 울기도 했다. 친구들이 세진을 비인간적이라고 하며 은근히 나윤을 위로하고, 제가 나서서 세진은 성격이 독특할 뿐이라고 옹호했던 날이 있었다. 혼자 시작한 관계는 그렇게 혼자 끝났었다.

5

나윤은 새로운 비상점 주위에 무인 조사 설비가 갖추어진 즈음 이 프로젝트에 합류했다. 새로운 비상점이 발견된 것 자체는 아주 놀라운 일은 아니었다. 카두케우스사는 예전에도 출입구를 알 수 없는 비상점을 비밀리에 폐쇄하고 지도에서 지운 적이 있었다. 시장성과 실용성이 없는 곳들이었다. 본사는 매 단계마다 손익을 저울질했다.

이번 비상점은 애매했다. 네로보 항성계의 2억 인구가 걸렸다. 이주 계획 마지막 세대인데도 인구가 거의 줄지 않았다. 주민들은 이주 계획 연장을 희망하고 있었지만 달리 이들을 보낼 곳이 없었다. 새로운 비상점이 개발할 만한 것이라면, 네로보인들을 개척지로 보내면 딱 좋았다. 만약 그렇지 않다면 2억의 인구를 줄이거나 이주시킬 방법을 찾아야 했다. 많은 사람을 조용히 사라지게 하기는 어렵다. 그러나 많은 사람에게 개척 정신과 도전 정신을 불어넣고, 이들에게 생존 지원 설비가 노화된 행성에 남는 것과 최신 우주선을 타고 미지의 세계로 항행하는 것 중 하나를 선택하게 하기는 조금 더 쉬웠다.

가장 난감한 것은 도약이었다. 최소한 한 명의 우주비행사가 한 대의 카두케우스 초광속 우주선을 타고 출구를 알 수 없는 비상점을 도약해 그 출구를 확인해야 했다. 상당한 비용이 드는 모험이었다. 본사는 고심 끝에 도약을 시도하기로 결정했다. 수많은 우주비행사와 우주선이 후보에 올랐지만, 나윤은 거의 바로 세진을 떠올렸다. 나윤이 아는 세진은 멀고 먼 곳으로 혼자 비행하여도 괜찮을 사람이었다. 아주 오랫동안 홀로 다른 사람을 기다리는 것도, 아마 괜찮을 사람이었다. 누구보다 괜찮을 사람이었다. 세진은 본사가 추린 최종 후보 중에 있었다. 나윤은 놀라지 않았다. 역시나, 본사는 틀리지 않았다.

그다음부터는 인간의 영역이었다. 사람이 다른 사람을 보고 고르는 단계였다. 나윤은 말을 아꼈고, 여러 단계의 평가와 결정을 거쳐 다른 우주비행사가 도약을 맡았을 때에는 조금 안도하기도 했다. 그는 마키엔데 1섹터에서 수차례 도약하며, 자신의 시대와 삶으로부터 멀어지며 우주의 끝까지 갔다. 3년 하고 몇 달이 더 걸렸다. 나윤은 그의 경로를 추적하다가, 가끔 세진이 어디 있는지 확인했다. 세진은 거대한 화물선을 홀로 몰며, 번잡하지도 급하지도 않은 비상점들 사이를 오가고 있었다.

프로젝트가 그대로 무사히 진행되었다면 좋았으리라. 인류의 새 영토에 발을 디딘 대범한 우주비행사, 새로운 삶의 터전을 개척한 용감한 사람들, 카두케우스 사가 인류 역사에 더한 또 한 장의 성공기. 모두가 만족했겠지.

그러나 두 번째 우주비행사가 필요해졌다.

나윤은 처음부터 세진이 최적임자라는 자신의 믿음을 강하게 피력했다면 첫 번째 우주비행사가 떠나지 않았을지 생각했다. 그랬다면 한 명의 목숨을 아낄 수 있었을까. 그는 실패를 인정하지 않는 본사 정책에 따라 마지막 비행도 이름도 조용히 잊히리라. 어쩌면 이런 일의 성패는 정해져 있는 걸까. 혹시, 세진은 바로 이 일을 위해 우주비행사가 된 걸까. 나윤이 이 프로젝트를 맡고 세진을 다시 만나게 된 데 운명 같은 것이 있었을까.

이윽고 나윤은 작은 일에도 의미를 부여하고야 마는 자신을 조용히 꾸짖고, 본사의 이름으로 세진을 본부로 불러들였다. 그리고 그를 만난 후, 직접 작성한 적합 판정 보고와 세진의 동의 서류를 상부로 올렸다. 손이 조금 떨렸다.

6

세진은 작은 우주선의 작은 조종석에 앉아 다음 경로를 확인했다. 일곱 번째 도약. 일곱 번째 비상점. 여섯 번째 도약 후, 본사 프로젝트 담당자에게서 연락이 왔다. 지난 항행 기록과 본사가 보낸 자료를 잘 살피라는 당부였다. 어차피 단 하나의 임무만 있는 비행이었다. 비상점을 통과한 후 출구의 절대 위치를 송신할 것. 세진은 여기까지 오며 지난 비행은 어디에서 무엇이 잘못되었을지 고심했다. 세진도 가능하면 살고 싶었다. 담당자가 굳이 연락할 일이 아니었다.

홀로 평화로운 3년이었다. 이렇게 더 살 수 있다면, 역시 그편이 좋겠지. 세진은 무심히, 도약했다.

돌먼지

1

그는 모든 어른과 마찬가지로, 소금보다 먼저 태어났다.

학교는 주거 구역 한가운데에 있었다. 야트막한 언덕 위, 집들이 내려다보이는 곳. 광산이 보이지는 않지만 광산의 소리와 진동은 느껴지는 곳.

소금은 다른 아이들과 마찬가지로, 그를 일곱 살 때 만났다.

그가 코쇠1에 살기 시작한 지 이미 10여 년이 지났을 때였다. 10년은 긴 시간이다. 코쇠1을 기준으로 말하자면, 다른 항성계에서 이주민이 한 명 더 올 만큼 긴 시간은 아니지만, 코쇠인들이 이곳에서 새로 태어난 수

백 명과 그새 죽은 수천 명을 기억하기에는 벅찰 만큼 긴 시간이다. 어쨌든 그래서, 소금이 그를 만났을 때에는 "표준어 교사가 우리 항성계까지 직접 온 건 시조 세대 이후로 처음이래", "어쩌다 여기 왔을까?", "너무 젊은데?", "혹시 본사 출신 아냐? 본사 사람들은 다 외모가 좀…… 그렇잖아" 같은 그를 둘러싼 소문이며 수군거림은 이미 한차례 지나간 다음이었고, 소금이 만난 그는 코쇠인은 아니지만 코쇠의 일부였다.

선생님. 모두 그를 그렇게 불렀다. 코쇠에는 코쇠1이나 코쇠2에서 나고 자란 생활 선생님, 실습 선생님, 지리 선생님, 과학 선생님도 있었고, 본사의 교육 프로그램에 포함된 원격 교사들까지 합하면 많은 선생님이 있었지만, 코쇠1의 주거 구역에서 앞뒤 설명 없이 '선생님'이라고 불리는 사람은 그였다. 표준어 교실과 교실에 붙은, 주거 구역 한가운데이기는 하지만 다른 집들과는 조금 떨어진, 조금 더 높은 곳에 있는 작은 집에 살고 있는 젊은 표준어 교사.

소금도 그를 선생님이라고 불렀다.

선생님은 표준어 말고도 아는 것이 많았다. 그래서 국어 선생님이나 표준어 선생님이 아니라 그저 '선생님'이었는지도 모른다.

코쇠는 광산 항성계였다. 코쇠1부터 코쇠7까지 행성은 일곱 개였지만, 사람이 사는 곳은 코쇠1과 2, 비상점에서 비교적 가까운 행성 두 곳뿐이었다. 나머지는 파견시설과 채굴 설비만 있는 무인 행성이었다. 그나마 가까운 비상점도 보통 우주선으로 두 달은 걸리는 곳에 있었다.

코쇠인들은 광물을 캤다. 아니, 엄밀히 말하자면 광물을 캐는 것은 기계였지만, 코쇠의 사람들은 광산에서 일했고, 광산에서 살았다. 애당초 코쇠인들이 발 딛고 선 땅 아래가 모두 광산이었다. 사람의 판단이 필요한 일은 곳곳에 있었다. 때로는 기계를 세우고 고쳐야 했다. 고장이 날 것 같아 미리 손을 보아야 할 때도 있었다. 얼른 도망쳐야 할 때도 있었다. 땅은 신호를 보냈다. 물 떨어지는 소리, 먼지 날리는 소리, 기계의 진동. 본사는 아주 멀었고 기계는 낡아가고 있었고 땅은 때때로 사람들을 삼켰다. 코쇠인들은 500여 년을 광산에서 살아오면서 사람의 목숨이 가볍지는 않지만 본사에게는 광물만큼 무겁지 않을 때도 있다는 사실을 알게 되었고, 본사의 판단보다 자신들의 경험을 신뢰했다. 생산량과 납기일만 맞추면 될 일이었다.

그래서 '선생님'의 표준어 수업을 열심히 듣는 학생은 많지 않았다. 표준어는 현장에서 별 쓸모가 없었다. 쇄암기가 작동하는 소리가 어디까지 어느 정도 크기로 들리는지, 갱내에서 서로의 목소리가 얼마나 또렷하게 들리는지, 날리는 것이 어떤 쇳가루인지 돌가루인지 먼지인지 아니면 그 사이 무언가인지, 물통이 얼마나 찼는지, 갱도를 어떤 모양으로 꺾어 파는 편이 나은지 말하기에, 광산 안에서 숨이 막히거나 무언가에 깔리거나 파묻힌 죽음들을 구분하여 이름 붙이기에 표준어는 턱없이 부족했다. 모든 카두케우스 이주 행성 학생들은 표준어를 배워야 했고, 모두 배우는 시늉은 했다. 그러나 코쇠1은 행성 전체가 현장이었다. 표준어는 그 현장 가운데 십몇 세대 전에 점을 찍듯 만들어놓은 주거 구역에, 또 그 가운데 있는 야트막한 언덕 위에, 그중에서도 운동장 옆 구석에 있는 작은 교실에서, 일곱 살부터 열다섯 살 사이에만 쓰이는 고립어였다.

하지만 '선생님'은 표준어 외에도 많은 것을 알고 있었다. 선생님은 가끔 채굴 기계를 고쳐주었다. 정확히 말하자면, 어떤 키워드로 본사가 준 데이터베이스의 어디를 검색해보면 수리법이 나오는지 알려주었다. 채굴 계획표를 살펴주기도 했고 현장 비행 경로를 조금 고쳐 잡아주기도 했다. 본사에서 보내온 낯선 식재료를 손보는 방법을 가르쳐주거나 어울리는 다른 식재료를 알려주기도 했다.

그는 언덕 아래 주거 구역을 찾는 일이 거의 없었고, 결코 탄광에도 공항에도 가지 않는 조금 괴팍한 사람이었지만, 그런 식으로 코쇠의 '선생님'이 되었다.

소금이 일곱 살에 만난 선생님이었다.

2

인구가 줄어들고 있었다. 눈에 띌 정도는 아니지만 균형이 안 맞기는 했다. 그는 항성계 동향 보고를 보며 얼굴을 찌푸렸다. 그가 상관할 바는 아니었지만 보이는 데에야 어쩔 수 없었다. 그는 이런 정보를 재빨리 포착하는 교육을 받은 적이 있었다. 온 힘을 다해 익힌 지식은 쉽게 사라지지 않는다. 온 마음을 무너뜨리는 좌절과 마찬가지로.

코쇠는 너무 외진 항성계였다. 항성계 전체에 유인 행성이 두 개뿐인 것도 좋지 않았다. 코쇠에서만 나오는 희귀 광물도 없어 특별히 가치가 있는 곳도 아니었다. 비상점이 아주 가깝지도 않았다. 준광속으로 두 달이면 아주 멀지는 않지만, 딱 그 정도였다. 광물은 상하지 않는다. 꾸준히 공급되기만 하면 그만이다.

코쇠 항성계는 오래된 개척지였다. 개척 시조로부터 이미 17세대. 아마 당시 발견된 비상점 중 적당히 가까운 곳에 채굴할 만한 자원이 적당히 있고 딸린 행성도 적당히 많은 항성계를 골라, 모든 채굴 시스템을 무인으로 가동할 수도 없으니 테라포밍 조건이 가장 좋은—비용이 가장 저렴한—코쇠1, 2를 유인 행성으로 정해 개발했을 터였다. 코쇠1부터 코쇠7이라는 작명부터가 성의없었다. 대부분 행성들은 최소한 대개 행성 이름이라도 따로 갖고 있었다. 17세대. 본사의 생계 지원 프로그램은 20세대에서 끝난다. 이미 본사는 비용 분석을 하고 있겠지. 인구 동향도 파악했지만 손대지 않고 있을 뿐일 가능성도 적지 않다. 사람과 달리, 카두케우스 본사는 죽지 않는다. 마지막 세대는 어떻게 될까. 코쇠에 남은 소수가 죽으며 끝날까, 그들을 다른 광산 항성계로 옮길까. 아니면 이 항성계를 새로이 개발할까.

그가 상관할 바가 아니었다. 3세대 뒤라니, 이미 서른을 넘긴 그가 훨씬 먼저 죽을 터였다. 아니, 마키옌데에 있는 본사에서 코쇠1로 왔던 그날, 초광속 귀환 비행에 실패했던 그날, 그는 이미 한 번 죽었었다. 지금은 그저 우주에 있지만 문명의 우주로부터 아득히 먼 유배지에서 서서히 마저 죽어가고 있을 뿐이었다.

그래도 10년은 긴 세월이었다. 마키엔데의 비행학교에서 보낸 시간이 5년이었다. 우주비행사가 되고 싶어 비행학교에 입학하려고 준비한 시간이 10년이었다. 대충 그에 가까운 시간을 돌먼지가 날리는 이 땅에서 보내며 그는 예상보다 많은 죽음을 보았다. 광산에서는 사람이 참 쉽게 죽었다. 본사의 관심에서 멀어진, 본사 관점에서 보자면 유지 보수 인력만 남은 행성에서는 죽음이 더 흔했다.

채굴은 위험한 산업이었고, 신규 이민이 없는 행성의 인구는 유지되어야 한다. 사람도 자원이다. 그래서 본사는 광산 출입 최저 연령을 정하고 안전 매뉴얼에 신경을 썼다. 하지만 실제로는 낮에 딱히 할 일 없는 아이들은 때로 광산 일을 거들러 나갔고, 광산에서는 거의 해마다 사고가 일어났다.

먼지, 진동, 소리, 죽음.

그가 코쇠1에서 발견한 네 가지였다. 먼지. 두 번 다시 우주로 돌아갈 수 없다는 사실을 깨닫고, 이제는 우주선도 우주도 만날 수 없다는 사실을 인정하고 거대한 코쇠 화물 공항을 나섰을 때 그가 가장 먼저 발견한 것은 풀풀 날리는 먼지였다. 본사에는—비행학교에는—우주선에는—우주에는 먼지가 없었다. 코쇠1과 같은 돌가루는 더더욱 없었다. 우주비행사 자격을 박탈당하고 대신 현장 표준어 교사라는 임무를 명받아 코쇠1에 하나뿐인 학교로 가는 언덕을 오르는 내내 그는 기침을 하고 눈물을 흘렸다.

그다음은 진동이었다. 기분 탓인지 모르나, 그는 날마다 발밑이 흔들리는 듯한 진동을 느꼈다. 아주 미세한 진동. 발밑을 깎아내고 파내고 터뜨리는 불안정한 느낌. 앉아 있으나 누워 있으나 걸어 다니나 그 진동은 그의 몸을 떠나지 않았다. 코쇠 사람들에게 몇 번 말을 꺼내 보았지만, 광산 근처면 몰라도 여기는 괜찮은데요, 하는 어리둥절한 표정에 말을 접었다.

그다음은 소리였다. 소리는 좀 더 선명했다. 쾅, 하고 진동과 함께 폭발음이 울릴 때도 있었고, 버석 소리를 내며 부서지는 소리가 날 때도 있었다. 드르륵 끼기긱 툭툭 쾅. 이 역시 코쇠에서는 일상이었다. 분주한 수도 마키엔데의 소음이나 우주선의 기계음과는 전혀 다른 소리가 끊임없이 들려왔다.

처음에 그는 이 세 가지와 싸웠다. 교실을 쓸고 닦았다. 책상을 끌고 나르고 의자를 새로 놓았다. 학생들이 오면 사람의 움직임이 발밑을 흔드는 진동을 잠시 가렸고 학생들의 말소리가 낯선 소리를 덮었다.

하지만 죽음과 싸울 수는 없었다.

애당초 그 자신부터가 죽어가는 항성계에 남겨진 죽은 사람이었다. 마키엔데에서 교육받은 표준어 교사라니 명분이야 좋았다. 원격 프로그램보다 실제 사람이 있는 편이 좋은 것도 사실이었다. 하지만 코쇠에서는 별 쓸모가 없었다. 본사와의 교신에 필요한 인력을 제외하면 우주로 나갈 만한 사람을 코쇠에서 찾기는 힘들었다. 17세대를 광산 행성에서 살아온 사람들은 우주에 관심이 없었다. 코쇠 항성계 바깥세상을 궁금해하지도 않았다. 아이들은 대부분 당연히 광부가 되었고, 모두가 광부의 가족이었다. 우주인이 아니었다.

우주인이 될 수도 있는 아이들이 있었다. 가끔. 첫 학생을 정성을 다해 가르쳤지만, 의무 교육 기간이 끝나자마자 광산에서 죽었다. 그다음 아이도 죽었다. 10만 명에 하나 정도로 빛나는 재능을 가진 아이들도 몇 명 지나갔다. 우주비행사는 못 되어도 코쇠를 벗어날 정도의 재능은 있는 아이들이었지만, 그는 그들에게 왜 굳이 기본 교과목이 아닌 공부를 더 해서 광물과 식료품을 나를 때에나 쓰이는 우주선을 타야 하는지, 저 너머에 다른 직업과 다른 세계가 있다는 것을 왜 굳이 알아야 하는지, 시공간을 넘은 끝에 빈손으로 고향에 돌아올 수도 있는 험한 길을 무엇 하러 가야 하는지 설명하지 못했다. 그 자신, 그 길의 끝에서 멈추었던 사람이었다.

3

그가 소금을 확실히 발견한 것은 소금이 열 살 때였다. 누구도 그의 과거를 묻지 않고 그 자신도 교과서에 없는 이야기는 꺼내지 않은 지도 적지 않은 시간이 지났다. 그래서 어느 날, 다른 아이들이 운동장에 놀러 나간 사이 혼자 찾아온 소금이 한 질문은 불의타(不意打)였다.

“선생님, 선생님은 왜 본사 사람인데 여기에 살아요?”

“……우주선을 다시 못 타서.”

아, 미리 답을 준비하지 못하면 진심이 나온다. 그가 무심코 뱉은 진심에, 소녀는 다시 물었다.

“왜 우주선을 못 타요?”

“무서워서.”

겨우 열 살짜리, 코쇠에서 나고 자란 아이다. 소금은 그를 한참 바라보더니, 다시 물었다.

“우주가요?”

그 순간 그는 깨달았다. 이 아이다. 1000만 명에, 아니 1억 명에 하나 정도 발견되는 재능. 우주인으로 태어나는 사람. 우주를 본 적이 없어도 그 공간감을 상상하고 느낄 수 있는 영혼. 어째서 지금까지 3년을 보면서도 발견하지 못했던 걸까? 내가 먼저 포기했기 때문에?

그는 천천히, 어른을 대하듯이 말했다.

“우주도 무서웠고, 실패도 무서웠단다. 무서워하면 우주인이 될 수 없거든.”

그리고 그는 한숨처럼 덧붙였다.

"게다가 우주여행은 비매품이란다. 우주는 내가 보고 싶다고 볼 수 있는 것이 아니고, 가고 싶다고 갈 수 있는 곳이 아니야."

열 살에게는 어려운 말이었으나 그는 일부러 쉬운 말을 고르지 않았다. 이 아이가 우주인이라면, 당장이 아니라도 언젠가 그의 말을 이해하리라.

소금은 그를 또 한참 동안 바라보더니, 갑자기 한결 천진한 어조로 물었다.

"궁금한 거 있으면 선생님한테 여쭤봐도 돼요?"

"그래."

소금은 조용히 일어나 나갔다. 그는 학생 기록을 열어보았다. 출석률이 높고 성적이 좋은 학생이었다. 다른 과목의 성적도 모두 좋았다. 얼마나 뛰어난지는 알 수 없었다. 애당초 비교 대상이 적었다. 틀린 감일 수도 있었다. 틀린 편이 나을지도 모르지. 그는 그리 생각하며 쓴웃음을 지었다.

4

그가 소금의 말을 처음 제대로 들어준 것은 소금이 열 살 때였다. 일곱 살 때부터 그의 수업을 듣고, 인사도 하고, 질문도 했지만 그의 눈에는 소금이 보이지 않는 것 같았다. 그의 존재 자체가 코쇠에서 붕 떠 있는 것 같았다. 사람들은 아는 것이 많은 선생님이라고 했다. 유일한 외지 출신이라지만, 그래서 다른 것 같지는 않았다. 선생님은 소금이 태어나기 전부터 코쇠1에 살았던 어른이었으니까. 그는 그저, 조금 달랐다.

처음에는 소금과 그가 다르다고 생각했다. 소금은 또래보다 훨씬 똑똑했고—스스로 그 사실을 알 만큼 똑똑했다—모르는 것이 없어 보이는 30대 중반 본사 출신 선생님이 자신과 당연히 다른 줄 잘 알고 있었다. 그렇지만 평소보다 돌먼지가 조금 덜 날려 다들 운동장으로 뛰어나간 날, 소금은 친구들을 따라 운동장으로 뛰어나갔다가, 운동장에서 하늘을 한 번, 표준어 교실 쪽을 한 번 바라보았다. 교실에는 선생님이 혼자 앉아 있었다. 그때 소금은 깨달았다. 자신과 선생님이 다른 것이 아니었다. 자신과 다른 아이들만 서로 다른 것도 아니었다. 자신과 선생님이, 다른 사람들과 다른 것이었다.

발이 땅에서 조금 뜨는 것 같았다. 10년을 딛고 섰던 땅에서. 소금은 교실의 문을 두드렸고, 선생님이 준 답을 오래 생각했다. 책을 찾아보았다. 자주들 쓰지 않아서 그렇지 코쇠1에도 카두케우스 표준 도서관은 있었다. 소금은 우주에 대해 읽었다. 항성계와 항성계 사이를 넘는 초광속 비행에 대해, 초광속 우주선이 통과하는 비상점에 대해 읽었다. 선생님이 살았던 본사가 있다는 마키엔데에서 이곳 코쇠까지는 최단 경로를 최고 속도로 달려도 표준시로 몇 주가 걸린다는 것을 알았다. 그 거리를 왕복하는 사이 세상의 시간은 다르게 흐른다는 것도 알았다. 선생님은 그 거리를 넘어 이곳에 왔다. 선생님은 아마 사실 아주 오래전에, 30여 년보다 훨씬 전에 태어난 사람이었다. 아무도 그런 얘기는 한 적이 없었다. 저 멀리 본사가 있고, 우리의 선조는 본사와 계약을 해서 채굴을 하면서 여기 살기로 했고, 우리 같은 항성계가 온 우주에 많이 있다는 내용 이상을 배운 적이 없었다.

소금은 선생님을 찾아가기 시작했다. 소금은 선생님과 점점 더 비슷해졌다. 달리 말하면, 가족이나 친구들과 점점 더 멀어졌다. 가족과 친구들은 어느 광산에서 어떤 일을 하면 좋을지 생각할 때가 되었다고 했다. 대부분 가족이 일하는 곳을 따라갔다. 소금에게는 64광구에서 일하는 오빠가 있었다. 연애를 시작하는 친구들이 늘어났다. 예전에는 어리니까 집에서 기다리라던 부모님이 소금을 데리고 상가를 찾기 시작했다. 그럭저럭 몸에 맞는 상복이 생겼다. 어른들을 따라 때로는 광산을, 때로는 무덤을 찾아 정중히 돌을 던지고 돌아오는 일이 익숙해졌다. 생리를 시작했다.

이 모든 코쇠의 돌먼지와 소금의 발 사이의 간격은 점점 더 벌어졌다.

선생님이 소금에게 좋은 질문을 하는 학생이라고 칭찬한 다음부터, 소금은 더 신중히 말을 골랐다. 예를 들어, 소금은 다른 아이들과 달리 선생님의 첫사랑을 묻지 않았다. 소금은 자신의 첫사랑이 누구인지 이미 알고 있었다. 선생님의 가족에 대해서는 절대 묻지 않았다. 그래야 할 것 같았다. 궁금하지 않은 것은 아니나, 알고 싶지 않았다.

어느 날, 소금이 우주는 어떤 곳이냐 묻자 선생님은 고요한 곳이라고 답했다. 여기는 광산이라 그런지 언제나 진동과 소리가 느껴지는데, 우주는 진공이기 때문에 아주 조용하다고. 소금은 진공이 무엇인지 알았다. 우주선을 본 적은 없지만 우주선의 구조와 작동 방법도 이제는 알았다. 물론, 수업 시간에 배운 것은 아니었다. 우주선도 조용한가요? 선생님은 잠시 망설이더니 답했다. 조용하다면 조용하지. 이곳보다는 훨씬 조용해. 우주선에는 불필요한 소리가 없단다. 그 점이 땅과 다르지. 그다음부터는 소금에게도 코쇠1의 소리가 들렸다. 진동이 느껴졌다.

“카두케우스 사는 훌륭한 곳인가요?”

선생님이 한참 동안 답을 하지 않았지만, 열 살의 그날 오후 이후 선생님이 소금의 질문을 무시한 적은 없었기에 소금은 기다렸다. 선생님이 말했다.

"카두케우스 사는 그저 존재하는 거란다. 우주처럼. 본사가 훌륭한 사람을 구분할 능력을 가지고 있을지도 모르지."

"교과서를 보면 카두케우스 사는 전지전능한 존재 같아요. 시간여행도 할 줄 아는 것 아니에요?"

"그야 이미 하고 있잖니. 초광속 비행이 시간여행이란다. 알고 있지?"

그리고 선생님은 아주 먼 곳을 바라보았다. 마키옌데보다도 먼 곳. 소금은 문득 무서워져, 얼른 질문을 보탰다.

"과거로의 시간여행도 가능할까요?"

"상대적으로 따져보면 그런 셈이지."

"그러면 저는 과거로 시간여행을 가서, 제 나이일 때 선생님을 보고 싶어요. 아니, 동갑이면 재미없겠죠. 지금 선생님은 나이가 엄청 많잖아요. 저보다 몇 살 위인 선생님이 궁금해요. 한 열여덟? 열아홉?"

"안 된다!"

선생님이 갑자기 언성을 높였다. 소금은 놀라 주춤 물러섰다. 선생님은 소금을 아이처럼 대하지 않았지만, 감정적으로 대한 적도 없었다.

"선생님?"

선생님도 놀란 표정이었다. 그가 얼굴을 일그러뜨리더니 손으로 머리를 감쌌다.

"미안하다. 잠시만."

"……저, 갈까요?"

"……그래."

소금은 발끝을 들고 조용히 교실을 나와 집으로 돌아갔다. 이제 밖에서 적당히 놀고 일찍 들어와 광산 일이든 집안일이든 조금씩 손에 익힐 나이가 되지 않았느냐는 잔소리를 귓등으로 들어 넘기고 2층 침대에 올라가 누웠다. 2층인데도 느껴지는 것 같았다. 이 행성의 진동이. 소금은 고요한 우주를 상상했다.

5

그다음 날, 그는 수업 시간이 끝난 후 평소와 같은 천진

하고 밝은 표정으로 표준어 교실을 찾아온 소금에게 서류를 보여주었다. 카두케우스 비행학교 지원 안내서였다.

그는 어느새 열세 살이 된 소금을 응시했다. 이 아이는 우주인이었다. 우주인들에게서 갈라지고 우주에서 쫓겨나 붙박이가 된 그가 10여 년 만에 처음으로 다시 만난 우주인이었다. 우주를 생각할 수 있는 마음과 우주로 나갈 수 있는 재능을 가진 사람이었다. 이 외로운 행성에서 우주와 시간을 말하며 즐거워할 상대를 만나 안도한 사이에, 표준시로 3년이 지나버린 것이다. 열아홉에 그는 마지막 우주비행을 했고, 실패했고, 붙박이가 되었다. 열세 살은 아직 늦지는 않았지만 코쇠가 외지인 점까지 고려하면 빠르지도 않은 나이였고, 코쇠의 광산 사망률을 생각하면 위험한 나이였다. 자질은 확실했다. 마키옌데 같은 곳에 있었다면 진즉에 눈 밝은 사람에게 발견되어 입시를 시작했을 아이였다.

"우주에 가보고 싶니?"

그가 소금을 보며 물었다. 소금은 그가 내민 서류를 이미 보아 알고 있었다. 도서관에서 예전에 이미 읽었었다. 그가 어떤 과정을 거쳐 코쇠까지 왔을지 궁금했지만 차마 묻지는 못했을 때, 우주선을 탈 수 있는 직업과 방법을 찾아봤었다. 그가 코쇠에 온 이유는 알지 못했지만, 우주로 나가는 방법은 알아냈었다.

그가 갱도에 철필로 글자를 새기듯 말을 이었다.

"너에게는 재능이 있어. 우주에 가려면 카두케우스 비행학교에 입학해야 해. 카두케우스 사의 행성민이라면 누구나 시험에 응시할 수 있지만, 여기에서 가장 가까운 섹터 선발 시험에 준광속으로 다녀오는 데에도 상대시로 3개월 정도가 걸린다. 코쇠1과 너의 시간이 다르게 흐르기 시작할 거야. 한번 시작하면 돌이키기 힘든 과정이란다. 이건 아주 중요한 결정이야. 지금부터 잘 생각해보고……"

"가겠어요."

소금이 그의 말을 잘랐다.

그가 입을 빼끔거렸다.

"소금아, 잘 생각해보고."

"생각했어요."

"가족과도 얘기해보아야 하잖니."

"카두케우스 비행학교 지원에는 보호자 동의가 필요 없잖아요. 추천인만 있으면 되죠."

그는 눈앞의 소녀를 꼼꼼히 살펴보았다. 소금은 흔들리지 않는 눈으로 그를 마주 보았다.

"추천해주세요. 가고 싶어요."

가고 싶어요. 그는 마치 보내주세요,라는 말을 들은 것 같은 착각에 머리를 흔들었다. 거부의 몸짓으로 오해한 소금이 다급하게 입을 열었다.

"선생님, 저는."

"알았다."

처음부터 알고 있었다. 못 본 척 지나갈 수도 있었겠지만, 그의 발이 이미 뜬 것을 안 이상 막을 수 없었다. 어떤 확신은 나이와 장소와 사람을 가리지 않고 찾아온다. 동기는 보이지 않았지만 자질이 있는 이상 중요하지 않았다. 결과는, 그의 소관이 아니었다. 그의 인생조차 애당초 그의 소관이 아니었던 것을.

"내일 부모님 모시고 오고, 준비하자."

6

소금은 만 열네 살이 되던 해 코쇠1 행성을 떠났다. 그가 내보낸 두 번째 제자였다. 본사는 추천인에게 입시 결과를 알려주지 않는다. 보통 탈락자는 고향으로 돌아가지만, 의무는 아니라 그러지 않는 경우도 있다. 소금은 코쇠로 돌아오지 않았다. 그는 깊이 생각하지 않았다.

몇 년은 새로운 학생들을 유심히 보았지만, 그처럼 빛나는 재능은 다시없었고, 그는 다시 붙박이의 세계로 천천히 침잠했다. 외로운 채로 시간은 흘러갔다. 학교에 오는 아이들도 조금씩 줄었다. 광산에서는 작은 사고가 조금씩 늘었다. 따지자면 역시 자신의 제자이기도 했던 소금의 오빠는 서른이 못 되어 갱도에서 죽었지만, 그 딸은 학교에 들어왔다. 소금과 닮은 구석이 전혀 없는 붙박이, 코쇠의 18세대였다.

손과 피부가 돌가루 바람에 거칠어지고 머리가 세기 시작했다. 그는 먼지와 진동과 소리를 끌어안고 교실의 책상과 의자를 닦고, 여전히 때때로 고장 난 기계나 이해하기 어려운 본사의 지시에 관해 '선생님'의 조언을 구하는 이들을 맞이하고, 해가 저물면 죽음을 향해 무거운 발을 끌었다.

7

결국 본사의 조사팀이 왔다. 본사의 조사팀원 중 한 명이 그를 공항으로 불렀다. 본사 사람들은 바쁘신 몸이라 주거 구역까지 한가히 찾을 여유가 없었다. 조사팀원은 그가 기계 관리며 광산 관리에 관해 코쇠인들에게 했던 조언을 물었다. "배워 아는 것을 물어보니 가르쳐준 것이죠." 그는 무심히 답했다. "이곳은 오래된 데다 외진 행성이니 도와줄 수 있으면 좋지 않습니까." 그는 조사팀원의 얼굴에 스친 붙박이에 대한 경멸을 놓치지 않았으나, 마음 쓰지도 않았다. 그의 발은 이미 코쇠의 땅에 붙어 있었다. 수십 년 만에 공항과 우주선을 보았지만 이상할 만큼 아무렇지도 않았다.

그는 땅에 붙은 발을 끌고 야트막한 언덕을 올라, 어느새 수십 년을 지내온 표준어 교실의 문을 열었다.

소금이 일어섰다.

"관제사가 되었다고 들었는데."

그는 제자의, 옛 말벗의, 우주인으로 태어났던 아이의 다 자란 얼굴을 보고 중얼거렸다.

"관제사도 했죠. 보기 이래서 그렇지, 제게는 많은 일을 해볼 수 있을 만큼 시간이 흘렀어요. 이번에는 비행사로 왔어요. 여기 이제 2세대 정도밖에 안 남았잖아요. 이주 계획을 갱신할지 코쇠4를 개발할지 검토한대요. 모레 코쇠4로 가요."

그는 천천히 교탁의 의자에 앉았다.

"그런 건, 기밀 아닌가?"

"따지자면 기밀이긴 하지만, 저도 선생님께 뭔가 가르쳐드리고 싶어서 말해봤어요. 언제나 제가 배우기만 했으니까요."

소금이 작게 웃었다.

"정말 진동과 소리가 느껴지네요. 행성 전체가 미세하

게 떨리는 느낌이 들어요."

"그래?"

"선생님께서 그렇게 말씀하신 적이 있어요. 코쇠는 광산이라 그런지 언제나 진동이 있다고요. 우주는 고요한데 여기는 좀 다른 소리가 난다고."

"기억이 나지 않는구나. 나도 이제는 잘 못 느끼겠고."

"저는 알겠네요. 저는 더 이상 코쇠 사람이 아니니까요."

소금은 자신의 가족에 대해서도 학교에 대해서도 묻지 않았다. 그의 안부도 묻지 않았다.

"선생님이 저한테 가르쳐주셨던 것 중에 표준어가 가장 재미없었던 것 아세요? 게다가 저한테 가르쳐주지 않으셨던 게 아주 많다는 것도 나가서야 알았어요. 선생님은 어떤 경험을 했는지, 왜 여기로 오셨었는지. 왜 잘 생각해보라고 하셨었는지, 저 이제는 알아요. 그때는 그냥 어떻게든 우주로 나가기만 하면, 선생님이 경험한 걸 저도 해보기만 하면 선생님한테 더 가까이 갈 수 있을 것 같았어요."

그는 저도 모르게 피식 웃었다.

"멀어졌잖니?"

"그건 여기 남았어도 어쩔 수 없었을 부분이잖아요. 그리고 정말 멀어졌다고 생각하세요? 비행학교와 우주와 도약을 경험한 제가, 코쇠에서 자라났을 저보다 선생님에게서 더 멀까요?"

그는 답을 찾지 못하고 머뭇거렸다. 몸은 의자에 앉았지만 발이 살짝 떠오르는 느낌이 들었다. 아주 오랜만에, 그의 발바닥이 땅에서 바람이 지나갈 만큼, 아주 조금 떠오르고, 죽음과 그 사이에 우주만 한 작은 진공이 생겼다.

"좋아했니?"

마침내 그가 물었다.

"괜찮았고?"

"아, 선생님, 지금 너무 '선생님' 같아요."

소금이 열 살 소녀처럼 웃더니, 뒤의 질문에 먼저 답했다.

"네, 괜찮았어요. 저는."

그리고 늙은 스승의, 단 한 순간 우주비행사였던 늙은 남자의 눈을 보고 말했다.

"좋아했고요."

비 온 뒤

어젯밤에는 비가 왔어.

우리 집에서 파자마 파티를 했던 날 기억하니? 그때도 밤새 비가 내렸지. 너, 나, 해미 셋이서 잠옷 차림으로 정원에 나가 비를 맞으며 놀았었잖아. 해미가 젖은 그네에 앉아 엉덩이가 다 젖었던 밤 말이야. 우리 둘이 젖은 엉덩이를 손가락질하며 한참 웃는 바람에 결국 해미가 삐졌고. 그때는 그게 뭐가 그리 우스웠는지. 더 신기한 건, 아직도 비 오는 밤이면 해미의 그 젖은 엉덩이가 떠오르고, 그럼 웃음이 난다는 거야. 바로 지금처럼.

해미는 그날을 기억할까? 그 애는 놀림을 받았던 입장이니까 어쩌면 나보다 더 또렷이 기억할지도 모르겠네. 해미에게는 이만큼 즐거운 추억이 아니라면 미안해서 어쩌지? 해미의 엉덩이에 빗진 웃음이 적지 않아. 어쩐지 조금 미안해지네. 여기서는 웃을 일이 거의 없거든. 특히 밤에는 말이야. 밤에만 비를 내리는 게 타당한 방침인지 잘 모르겠어. 여기로 와놓고 이렇게 말하면 염치없지만. 우울한데 비까지 오면, 나는 밤새 뒤척이거든.

그럴 때마다 나는 그 파자마 파티를 떠올려. 네가 입고 왔던 초록색 반바지, 해미가 가져온 토끼 귀 모양 머리띠, 밤에 셋이 부엌에서 끓여 먹었던 라면, 계단참에 앉아 우리가 나눴던 이야기, 해미의 토라진 얼굴, 비 오는데 나갔다 온 증거를 숨긴답시고 벗어 문 뒤에 걸어 놓았던 옷가지, 그중에서도 엉덩이 부분이 젖어 흔들리던 해미의 바지 같은 것들을 죽 떠올리다 보면 나도 모르게 미소 짓게 돼. 그리고 웃는 얼굴로 잠이 들지. 그날을 백 번도 더 거듭 산 것 같아.

우울했던 밤이 그렇게 많았냐고 걱정하겠다. 그렇지만은 않아. 개척지에는 새로운 사건이 많아. 여기 올 때 기대한 대로 하루가 정신없이 지나가지. 일과 사건에 휩쓸리다 보면 해가 저물고 퇴근 시간이야. 언제나 새로운 사건이 일어나지. 내가 '이제 오늘은 일 좀 그만 터졌으면' 하고 생각할 때가 있다면 믿겠어?

너무 많은 일이 일어나는 낮과 너무 조용하고 비가 오는 밤의 대비 때문인지도 몰라. 낮에는 항상 다른 사람들과 있는데 밤에는 항상 혼자 있기 때문일지도. 내가 지금까지 혼자라고 하면 너는 놀랄까. 아마 놀라겠지.

내가 여기 와서 줄곧 혼자였다고 하면, 너는 믿을까? 안 믿겠지? 내가 너와 한 약속은 꼭 지킨다는 걸, 너는 알고 있을 테니까.

맞아. 거짓말이야.

여기 오자마자 새로운 사람을 사귀었어. 너와 약속했던 대로. 바로 옆집에 사는 농기계 수리공이었어. 나보다 2년 먼저 왔던 인력이라 여기 사정을 꽤 잘 알고 있고 자신이 처음 왔을 때 어떤 점이 어려웠는지도 기억하고 있어서, 정착하면서 도움을 많이 주었어.

진취적이고 도전적이고 뭐든지 긍정적으로 생각하는 사람이었어. 네가 나한테 새로운 사람을 사귀라고 했었다는 말까지 했는데, 그것도 긍정적으로 생각하더라고.

관계를 원만하게 유지할 동기가 있다면 좋은 일 아니냐고. 너한테 자길 소개해줄 수 있냐고 묻기에 그건 곤란하다고 했더니, 그럼 됐다더라. 자기도 다자간 관계에는 흥미가 없는데 예의상 물었대.

"그런 질문을 예의상 해? 내가 소개해준다고 하면 어떡하려고?"라고 물었더니, "그러면 새로운 사람을 좋은 관계에서 또 알아갈 테니 그것도 좋지"라는 거야. 정말 어이없이 밝은 사람이지?

네 덕분에 좋은 사람을 만났어. 너와의 약속이 아니었다면 그와 시작하지 못했을 거야. 끝도 깔끔했어. 특별히 잘못한 것도 싸운 일도 없이 서로 고마워하면서 잘 정리했고, 지금도 마주치면 인사하며 지내.

너와 이렇게 끝났다면 어땠을까? 서로 삶의 방향이 다르다고 차분히 대화하고, 지금까지 함께한 시간이 고마웠고 지금의 마음이 바래기 전에 헤어지자고 말할 수 있었다면 어땠을까? 우리에게도, 그렇게 이별을 떠올리는 날이 오긴 왔을까?

이 약속밖에 지키지 못해서 미안해.

아직도 가끔 네가 내 뒤를 따라오는 꿈을 꿔. 신규 이주민 명단이 나올 때마다 네 이름이 있나 찾아. 알아. 내 망상인걸. 네가 있을 리 없지. 머리로는 알면서도, 네 이름과 비슷한 이름만 봐도 가슴이 두근거리고 식은땀이 나. 심장이 가슴에서 튀어나올 것처럼 아픈 게 어떤 느낌인지 알아? 쿵쿵쿵 뛰는 심장이 턱 끝까지 피를 억지로 밀어 올리며 정신 차리라고, 악몽에서 깨어나라고 있는 대로 성질을 부리는 것 같은 느낌이야. 그럴 때면 나는 눈을 감고, 숫자를 10까지 세. 눈을 뜨고 명단을 다시 봤더니 내가 잘못 본 이름이 네 이름과 비슷하지조차 않았던 적도 있었어. 완전히 헛걸 본 거지.

너는 나한테 시각적 상상력이 부족하다고 했었지. 네 말이 맞아. 여기 와서 알았어. 내가 만들어낼 수 있는 망상의 최대치가 네 얼굴도 네 몸도, 하다못해 네 손도 아닌 고작해야 네 이름 정도라는 걸.

너는 어때? 나를 어디까지, 얼마만큼 만들어낼 수 있었어? 시도해본 적은 있어? 있겠지? 너한테도 내가 옆에 없는 순간이 있었으니까.

나는 나를 상상하는 너를 상상해. 마주 잡은 손에서부터 시작하는 거야. 네 손을 잡은 내 손부터 그런 다음에, 그 손에 이어진 팔, 어깨, 어깨에서 목과 가슴, 그 위의 머리. 얼굴에 있는 눈, 코, 입, 귀. 이렇게, 너와 닮은 부분에서부터 닮지 않은 부분으로 천천히 확장했다면 나를 생생하게 떠올릴 수도 있겠지?

어쩌면 이건 시각적 상상력이 부족한 나 같은 사람이 생각하는 방식이고, 너는 이렇게 단계적으로 나를 빚어낼 필요가 없었을지도 모르겠다. 너는 한 번에 나를 떠올릴 수 있었을지도. 그랬길 바라. 시간이 많지 않았었으니까. 네가 나를 아주 빨리, 잘 상상할 수 있었기를. 마치 네 바로 옆에 있는 것처럼 떠올릴 수 있어서, 네 상상 속에서라도 내가 네 곁에 있었기를.

걱정하지 마. 나는 시각적 상상력이 부족한 덕분에 별 탈 없이 지내고 있어. 이주민 명단을 매번 꼼꼼히 확인하는 것도 전혀 유난스럽지 않아. 우리는 1세대잖아. 아는 사람이 왔을까 해서 명단을 찾아보는 사람이 한둘이 아니야. 아무도 나를 이상하게 여기지 않아. 이곳에서 가족이나 친구를 다시 만나는 경우가 정말 있기도 하고.

얼마 전에는 동료의 딸이 왔어. 가능한 한 같이 오려고 했는데 딸 쪽이 승인이 늦게 났대. 지금은 상대연령이 비슷해져서 나란히 있으면 모녀지간이 아니라 자매지간 같아. 나이가 역전 안 되어 다행이라며 웃는 모습이 보기 좋았어. 부럽기도 했고. 그렇게 긴 시간을 넘어 마침내 다시 만나는 사람들도 있는데.

아. 괜히 이런 생각을 하니까 우울해지는 거야. 비가 와서가 아니라. 안 되는 건 안 되는 건데.

어째서 어떤 일들은 인정하고 또 인정해도, 받아들이고 또 받아들여도 괜찮아지지 않을까?

다시 파자마 파티로 돌아가야겠다.

부엌에서 함께 라면을 끓여 먹은 다음, 해미는 자기가 좋아하는 만화영화를 보러 먼저 들어가고 우리 둘은 밖으로 나왔지. 현관 계단에 손을 잡고 앉아 정원을 내려다봤어. 정원의 그네가 흔들리며 삐걱거리는 소리를 냈어. 축축하고 서늘한 공기가 삐걱대는 소리 사이의 정적을 채웠지.

"밤에 비가 올 것 같아."

"그렇다더라. 새벽까지 오고 아침에는 그친대."

내가 일기예보를 읊자, 네가 말했어.

"밤에만 비가 오는 행성도 있대."

너는 이 대화를 기억하니?

서로의 손바닥이 습기로 살짝 달라붙던 감촉이 생생해. 너는 마치 습도를 확인하듯 잡은 손에 힘을 주었다가 손바닥만 살짝 뗐다가, 도로 제대로 쥐고 네 허벅지 위로 당겨 올리고는 마치 날씨를 가늠하듯 고개를 들어 하늘을 보더니 말했지. 밤에만 비가 오는 행성도 있다고.

이곳이 바로 밤에만 비가 오는 행성이야.

이곳의 비는 일출 시각에 딱 그쳐. 해가 서서히 떠오르면 물기를 머금은 수목이 햇볕을 받아 마치 은빛 테두리를 두른 것처럼 반짝이는데, 퍽 아름다워. 너한테 보여주고 싶다. 우리 고향에서는 비 오는 날에 유독 안개가 심했잖아. 여기는 안개가 생기지 않아. 기온과 습도 관리 방식이 달랐던 거래. 비 온 뒤에 안개 없는 아침을 맞을 수 있다니, 믿어지니?

파자마 파티 다음 날, 아직 잠든 해미를 방에 두고 우리는 그 안개 속을 걸었지. 우리가 새벽 산책을 그때쯤 시작했었지? 동틀 녘에 손을 잡고 익숙한 길을 안개 속에서 나란히 걸었지. 나는 지금도 가끔 새벽에 눈을 떠. 너와 수십 년 동안 함께하며 생긴 습관이지. 하루의 길이가 다르고 계절이 다르고 밤하늘에 보이는 별자리 어느 하나 그때와 같지 않은 곳에 살면서도 사방이 어두울 때 눈을 뜨고, '아, 산책 가야지'라고 생각하며 오른쪽을 돌아봐. 그리고 오른쪽으로 난 창 밖 안개의 흔적조차 없는 풍경, 조금도 구름에 가리지 않은 하늘, 흐리게 반사되지 않는 가로등을 보며 천천히 현실로 돌아와.

있잖아, 나는 안개가 없는 행성이 있다는 걸 여기 오고서야 알았어. 밤에만 비가 오고, 비 온 뒤 하늘은 청명하게 마냥 맑기만 한 행성이 있다는 걸 몰랐어. 너는 알았을까? 몰랐겠지? 몰랐길 바라. 만약 어떤 행성에서는 결코 안개 사고가 일어나지 않는다는 사실을 그때 알았다면 무척 슬펐을 테니까.

그날도 이미 더 슬플 수 있을까 싶을 정도로 슬펐지

만, 우리가 다른 곳에 살았다면 일어나지 않았을 일이었다는 생각을 단 한 번이라도 떠올렸다면, 분명 더 슬펐을 거야.

무한한 슬픔은 크기가 같아서 더 큰 슬픔과 더 작은 슬픔이 다르지 않다고 생각했어. 아니야. 아침 햇살을 받아 선명하게 빛나는 나무를 보고 비 온 뒤에도 세상이 맑고 아름답다고 감탄했다가 원래 여기는 새벽안개가 없다는 말을 들었을 때, 나는 슬펐어. 더 작은 슬픔이 더 큰 슬픔을 게걸스럽게 먹어치우듯이 슬펐어.

새벽안개 속 그 길을 잊으려고 그토록 노력했었으면서도, 막상 정말 처음부터 안개가 없는 세상을 만나니 마치 우리가 함께 수백, 수천 번을 걸었던 그 시간을 빼앗긴 것만 같았어. 안개를 보며 무언가를 떠올릴 기회를 잃은 것 같았어. 이곳에서 안개 없는 날을 나고 또 나다 보면 언젠가는 더 큰 슬픔을 잡아먹은 더 작은 슬픔마저도 흔적도 없이 사라져버릴 것 같은 위기감이 들었어. 어쩌면, 아니 틀림없이, 너는 내가 그렇게 살기를 바랐겠지만.

충분히 슬퍼한 다음에는 더 슬퍼하지 않겠다고, 흔들림 없이 내 삶을 제대로 살겠다고 네게 약속했었지. 우리가 함께 살던 곳에서는 도저히 그 약속을 지킬 수 없어서 밤에만 비가 오는 행성으로 떠나와놓고, 고작 새벽안개가 없다는 사실 하나에 그 약속을 지키지 못하고 금세 더 슬퍼져서 슬펐어.

매번 했던 얘기 또 하는 과거에 매달린 편지만 쓴다. 웃을 일이랍시고 우리가 함께했던 날의 친구 엉덩이밖에 말하지 못해 미안해. 기쁘고 즐거운 일을 자주 경험하겠다고 약속해놓고 눈앞의 과업과 사건으로 시간을 억지로 밀어내듯 살고 있어. 아직은 정말 기쁘고 즐거웠던 일을 하나도 말할 수 없네. 밤에만 비가 오는 행성으로 도망쳐서 미안해. 비 온 뒤 아침마다 창밖을 보며 울어서 미안해. 네가 시켰던 많은 약속 중에 아직 단 한 가지밖에 지키지 못해서 미안해.

어쩌면 나는 또 떠날지도 몰라. 이번에는 이주 신청을 할 때 더 자세히 알아보겠지. 특히 날씨를. 밤에 비가 오는지, 새벽안개가 있는지. 이런 것도 가르쳐줄까? 찾아보면 정보가 있긴 하겠지? 그곳에서는 다른 이유로 또 울지도 모르지. 우리가 함께 걷던 그 길과 이사한 곳의 길이 너무 비슷해서. 또는 너무 달라서. 달이 하나라서. 또는 둘이라서. 너와 이름이 비슷한 사람을 만나서. 그때 그 차와 비슷한 모델을 보아서. 아니면 그보다 훨씬 안전한 차를 보아서. 네 이름을 잘못 보아서. 이름 넉 자를 잘못 볼 일조차 없을 만큼 모든 것이 달라서.

너한테 매달리지 말라고 했는데 결국 이렇게 살아서 미안해.

약속한 대로 못 살아서, 미안해.

재회

"수미가 떨어졌대."

"야, 말이 되는 소리를 해라. 아무리 시험에 운도 필요하다지만 어떻게 수미가 떨어지냐?"

"진짜야. 이번 합격자 명단에 없어. 걔 이번 회차에 졸업 시험 봤던 거 맞지?"

형진이 책에서 눈을 떼고 수렌을 쳐다보았다.

"그럴 리가 없는데. 갠 실수 안 해."

"지금까지는 그랬지. 그런데 소문으로는 감점도 아니고 그냥 탈락이라던데? 왜, 연습에서 잘하다가 실전에서 망하는 애들 있잖아."

"어, 왜…… 왜 떨어졌대?"

"내가 아냐? 걔 항상 1등이니까 유명하기도 하고, 네 여자친구니까 명단 보러 갔는데 이름이 없길래 2차 친 애들한테 물어봤더니 그렇다더라고. 3차 응시생들은 지금 그것 때문에 완전 뒤숭숭해. 너야말로 이러고 있을 게 아니라 수미한테 가봐야 하는 거 아니야? 여자친구가 떨어졌다잖아, 지금."

형진이 가만히 앉아 있자 수렌이 재촉했다.

"야, 너 엉덩이가 뭐가 이리 무겁냐? 가서 왜 떨어졌는지 좀 알아봐. 아무리 단독 비행이 어렵다지만, 걔도 떨어지는 시험이면 우리 중에 합격 보장되는 사람 진짜 아무도 없어."

"아 좀, 놀랐으니까 나 좀 가만히 둬."

형진도 아는 바가 없는 것 같자, 수렌은 툴툴대며 방에서 나갔다. 형진은 몸을 반쯤 일으켰다가 앉았다가 하다가 수미에게 메시지를 보내려고 메신저를 켰다가 껐다. 형진의 시험은 열흘 뒤였다.

*

"네 코스는 뭐야?"

"데이르조 항성계. 도약한 다음 비상점 바로 앞에 있는 1번 무인 관제탑에 도킹했다가 30분 안에 돌아오는 코스야. 화물선이고."

"오, 전형적인 시험장 항성계네. 그런데 무인 관제탑 도킹이 더 쉽나?"

"관제사가 우릴 도와주는 것도 아닌데 쉽고 어렵고가 따로 있겠어? 내 먼저 다녀와서 말해주겠노라."

수미가 어르신 흉내를 냈다.

"맞다, 내가 너보다 늦게 출발하니까, 데이르조보다 가까운 코스 걸려야 빨리 다시 만날 수 있겠네?"

"그것까지 적당히 고려해서 코스 나오잖아. 운 나쁘게 코쇠 같은 데만 걸리지 마. 가끔 그렇게 재수 없이 걸리는 후보생도 있긴 있다더라. 그러면 우리, 몇 주를 못 만날 수도 있어."

"그게 내 마음대로 되겠어."

"지금 그건 오답. 나하고 어서 다시 만나려고 노력하는 마음이라도 가져보라는 거지. 나는 졸업 시험 코스 받았으니 오늘부터 바로 시뮬레이션 들어가. 당분간 좀 바쁠 거야."

"너야 합격할 텐데, 애인 못 만나서 난 어떡하나. 그래도 잘해. 응원할게."

수미가 형진에게 가볍게 입을 맞췄다.

"방금 건 정답이네. 응, 잘하고 올게."

수미는 제 눈을 의심했다. 이것도 평가 항목인가? 졸업 시험에 돌발 항목도 있나? 아니, 그럴 리가 없었다. 본사는 그런 식으로 일하지 않았다. 그러나 수미가 도약한 후, 매뉴얼대로 주변을 스캔하자마자 SOS 신호를 송출 중인 여객선이 한 대 잡혔다. 저게 뭐야?

수미는 천천히 숨을 고르고 시스템에 물었다.

"저 우주선은 뭐야?"

"행성 간 소형 여객선 카바옙호입니다. 산소 부족 경고를 송출 중입니다. 생명 반응은 세 명. 지금은 모두 가수면 상태인 것 같습니다."

손이 덜덜 떨렸다.

"산소는 얼마나 부족한데?"

"파악 불가. 생명 유지 장치 손상인지 신호 체계 손상인지 불명확합니다."

"근처에 다른 여객선은 없고?"

"0.8표준광년 이내에는 없습니다. 가장 가까운 행성 데이르조1에는응급선 열두 대, 대형 여객선 마흔 대, 중형……."

"됐어. 어, 어……."

—29분.

수미는 무인 관제탑 쪽으로 기수를 돌렸다.

"관제탑에는 응급선이 있지? 응급선이 지금 출동하면 카바옙호까지 얼마나 걸려?"

"두 대 있습니다. 관제탑에서 카바옙호까지 최고 속도로 운항하면 1시간 25분 55초 후에 도착합니다."

최고 속도로 1시간 25분 55초. 여기는 비상점에서 너무 가까워 항로가 불안정했다. 행성 간 우주선이 계속 최고 속도로 비행할 수 있는 공간이 아니었다.

"이 우주선으로 가면?"

"카두케우스 우주선으로 카바옙호까지 최고 속도로 운항하면 23분 40초에 도달합니다. 23분 41초. 42초. 카바옙호가 이동하고 있습니다."

"사람이 모는 거야?"

시스템이 잠깐 침묵했다가 대답했다.

"24분 10초. 항로를 이탈해 데이르조로 향하고 있습니다. 항법 장치 고장일 가능성이 높습니다."

—28분.

"주변에 아무도 없어?"

"0.8표준광년 이내에는 없습니다. 가장 가까운……."

"그만, 그만."

식은땀이 비 오듯 쏟아졌다. 생명 유지 장치 고장. 항법 장치 고장. 1시간 25분 55초, 아니 이제 1시간 30분.

—27분 30초.

—27분.

—26분 30초.

돌아가는 시간을 맞추려면 지금 결정해야 했다.

"카바엡호 쪽으로 항로 변경."

"실시합니다."

시스템이 대답했다. 거의 동시에, 스크린에 빨간 경고 문구가 떴다.

평가 항목에 포함되지 않은 동작입니다. 계속하시겠습니까?

"계속해, 도킹 가능한 지점까지 최대 가속하고 카바엡호에 구조하러 간다고 신호 보내."

평가 항목에 포함되지 않은 동작입니다. 계속하시겠습니까?

경고 문구가 번쩍이고, 시스템의 차분한 목소리와는 다른 날카로운 인공음이 조종실에 울려 퍼졌다.

"가, 어서 가라고."

수미가 소리를 질렀다.

"가속합니다."

평가 항목에 포함되지 않은 동작입니다. 계속하시겠습니까?

수미는 땀에 젖어 미끄러운 손으로 채점기의 전원을 뜯어내듯 껐다. 경고 문구가 사라졌다. 정적이 찾아왔다.

"왜 그랬니? 대체 왜 그랬어?"

담임 선생이 의자에 앉지도 못한 채 수미 앞을 안절부절 오갔다.

"곧 징계 위원회가 열릴 거야. 채점기는 왜 껐어? 재시험 볼 명분도 없어. 이건 어떻게 할 수도 없다고. 단독 비행을 어떻게 이렇게 망치니?"

수미는 책상 위에 떠 있는 자신의 운항 보고서를 가만히 바라보았다.

"네가 여기까지 싣고 온 그 여객선, 다른 사람이 발견했을 수도 있어. 우리는 사람을 구해 오라고 널 거기까지 보낸 게 아니야. 본사의 지시대로 행동할 수 있는지를 평가하는 시험이었다고. 그런 걸 만나 운이 나쁘긴 했지만, 경로대로 다녀오기만 했으면 넌 괜찮았어. 딱 한 번, 딱 한 번인 마지막 시험이었잖아."

"근처에 아무도 없었어요."

수미가 중얼거렸다.

"그래도 관제탑에서 결국은 응급선 파견했겠지. 근처 행성에서 누가 도우러 갔을 수도 있고."

"시간이 모자랄 것 같았어요. 다 너무 멀리 있었어요."

"그렇다고 네가 갈 필요는 없었다는 말을 하고 있잖아! 넌 내가 지금까지 가르친 학생 중 가장 우수했어. 타고난 우주비행사였어. 그날 데이르조로 향하던 네 출발이 얼마나 아름다웠는지 알아? 점수로는 똑같이 만점이라도, 보면 감각이 탁월한 비행사들이 있어. 네 비행이 그랬는데, 내가 널 어떤 마음으로 가르쳤는지 알아?"

수미는 혼이 빠진 표정으로 고개를 흔들었다.

"몰라요. 모르겠어요."

"두 번 다시 우주를 보지 못해도 좋아? 대체 왜……."

수미의 눈에 눈물이 고였다.

"저도 모르겠어요."

선생이 두 손으로 책상을 짚고 호흡을 골랐다.

"아깝다. 어차피 지금까지 본사는 단독 비행에 재시험을 허가한 적이 없어. 5년이나 이 공부 하고, 이제 뭐 할래? 우주비행사는 못 되니까 뭐 할지 생각해야 할 거야. 너는 전 과목 성적이 우수하니까 아마 선택의 여지는 있을 거야. 본사가 이제 와서 널 퇴학시키지는 않겠지. 어디 쓸지 생각을 할 거야. 불합격한 다른 애들하고 똑같다고 생각해. 99점이나 98점이나 너 같은 미채점 탈락이나, 다 똑같아. 그냥 그렇게 생각하고 빨리 다른 길 찾아. 징계 위원회에서는, 졸업만 시켜주면 지금부터는 본사가 하라는 대로 뭐든 다 잘하겠다고 해."

수미가 울음을 삼키며 입술을 달싹였다. 선생이 수미를 바라보았다.

"나한테 더 할 말 있니?"

"제가 잘못했는지⋯⋯ 잘 모르겠어요. 우주비행사가 못 되는 건 알겠어요. 하지만 이건 공정하지 않은 것 같아요."

순간적으로 선생의 표정이 풀렸다. 분노와 짜증과 피로의 표면을 뚫고 연민이 드러났다.

"맙소사, 수미야. 누가 공정할 거라고 했니? 맙소사, 너를 대체 어떻게 하면 좋니."

시험 이틀 전이었다. 형진은 지난 나흘간, 아침부터 저녁까지 시험 코스를 시뮬레이션했다. 탈락하고 돌아온 1등, 수미에 대한 수군거림이 여기저기서 들려왔다. 아무도 정확한 이유를 몰랐다. 징계 위원회가 열렸다고 했다. 본사에서도 사람이 왔다고 했다. 수미가 자퇴를 했거나 퇴학을 당했다는 소문도 돌았다. 남자친구였던 자신을 살피는 시선도 느껴졌다. 다들 묻고 싶은 것은 있으나 차마 말을 꺼내지 못하는 눈치였다. 시험을 앞둔 이들은 수미의 탈락에 자신에게도 해당하는 이유가 있을까 봐 동요했고, 시험을 끝낸 이들은 합격이든 아니든 최소한 징계당할 사고는 치지 않았다는 사실에 안도했다.

오늘 하루치 시뮬레이션을 마치고 방에 돌아온 형진은 한참을 망설이다 통신을 켰다. 또 한참을 망설이다 메신저를 켰다. 수미에게 비밀 메시지를 보냈다.

—괜찮아?

이 '조용한' 스캔들 내내 연락 한번 하지 않은 남자친구의 첫 메시지치고는 염치가 없었다. 형진은 늦은 말을 덧붙였다.

—걱정했어. 어떻게 된 거야?

답은 금방 왔다.

—데이르조 비상점 근처에 우연히 SOS 신호 송출 중인 유인 여객선이 있어서, 시험을 치지 않고 그 여객선을 싣고 돌아왔어. 평가 항목 미이행과 지시 불이행으로 탈락했어. 도중에 채점기를 껐거든.

잠시 후 다음 메시지가 이어졌다.

—징계 위원회에서 하도 여러 번 말했더니 이제 술술 나오네. 세 문장으로 요약하면 저거야.

형진은 할 말이 없었다. 화상 채팅 버튼을 눌렀다. 바로 '거부' 응답이 들어왔다.

—나 지금 얼굴이 엉망이야. 화면으로 보여주기 싫어.

—아.

수미가 다시 말을 걸었다.

—나랑 잠깐 만날 수 있어? 보고 싶어.

형진은 지난 나흘 동안 계속한 훈련을 떠올렸다. 조금이라도 실수할까 봐 같은 경로를 몇 번이고 비행했다. 너무 피곤해서 실수할까 봐 두 시간에 20분씩 꼭 쉬었다.

하루에 15분씩 명상을 했다. 몸에 탈이 날까 봐 음식도 골라 먹었다. 그리고 수미는, 운이 나빴다.

—그게, 저기, 사실 나 모레 졸업 시험이거든.

—그래, 그랬지. 응, 그렇구나.

형진은 책상 밑으로 숨고 싶었다.

—시험 잘 봐. 마지막까지 실수하지 말고.

—어, 어. 고마워.

✷

"왜 연락했어?"

20년 만에 다시 연락이 닿은 사이에 하는 인사치고 상냥하지는 않았다. 어쩔 수 없었다. 형진은 최대한 조심스럽게 말을 골랐다.

"할 말이 있는데, 직접 보고 하는 편이 좋을 것 같았어. 찾아보니까 비행학교를 졸업하고 여기 연구 개발부에 계속 근무했다고 나오길래 수도에 온 김에 연락했어. 저, 잠깐 만날 수 있을까?"

"너 나한테 잘못한 거 알지? 그렇게 어영부영 소식 끊으며 헤어지는 법이 어디 있어. 아무리 어렸다고 해도, 2년을 사귀었는데 마지막에 제대로 인사 정도는 해줄 수 있었잖아. 나를 피해 도망 다니다가 합격하고 연락 두절이라니 최악이었어. 너 설마 다음 애인들한테도 그딴 식으로 군 건 아니지?"

어영부영 헤어진 것은 형진이 그때 했던 가장 큰 잘못이 아니었다.

"응, 내가 잘못했어. 그래도 시간 좀 내줄 수 있어?"

수미가 망설이다 주소를 보냈다. 항법 장치 연구 개발부의 관사였다.

"내일 오후 4시에 와."

"사과하러 왔니?"

수미가 찻잔을 내려놓으며 말했다. 학창 시절보다 톤이 낮고 통명스러운 목소리가 조금 어색했다. 형진은 자신에게 이렇게 날 선 어조로 말하는 수미가 낯설었다.

"어. 음…… 그것도 있지만."

"됐어."

수미는 형진의 앞에 털썩 앉으며 말했다.

"너한테는 몇 년 전인지 몰라도, 나한테는 20년이나 지난 일이야. 그동안 내 인생 살았다고. 첫 연애가 다 그렇지 뭐. 그때는 너보다도 내 상황이 좀…… 그랬고. 그런데 네 얼굴은 너무 안 변해서, 막상 이렇게 직접 보니까 조금 짜증이 날 것 같긴 하다."

수미가 형진의 얼굴을 살피더니 미간을 찡그리며 애매한 표정을 지었다.

"그래, 이제 와서 굳이 내가 있는 곳을 찾아오면서까지 직접 만나 하려던 얘기는 뭐였어?"

형진은 시선을 찻잔 테두리에 두고 말했다.

"본사는 새 우주선이 처음 출항할 때마다 공장에 학생들을 초대해. 우주비행사와 만나고 멋진 우주선도 보고 기념품도 받고…… 그런 거지."

수미가 탁자를 톡톡 두드렸다.

"알아."

"요전에, 음."

형진이 속으로 잠깐 셈을 했다.

"여기 시간으로, 표준시로 3년 전에 내가 그 프로그램 당번이었는데, 질문 시간에 어떤 학생이 나한테 데이르조 항성계에 가본 적이 있는지 물었어."

수미의 손가락이 멈추었다. 무심한 표정을 짓고 있던 수미의 몸이 굳었다.

"그랬어?"

형진은 수미의 얼굴을 외면하고 말을 이었다.

"나는 가본 적이 없지만, 가본 우주비행사를 알고 있다고 했어. 그리고 유명한 곳도 아닌데 그 항성계를 어떻게 알았는지 물었지. 자기 가족은 원래 그곳에서 왔대. 엄마가 17년 전쯤에 우주에서 죽을 뻔했는데, 카두케우스 사가 엄마를 데이르조에서 마키엔데까지 구해다 줘서 여기 살게 됐다고 들었대. 그래서 자기는 여기서 태어났지만, 언젠가는 카두케우스 우주선을 타고 엄마 고향에 가보는 게 꿈이라더라."

수미는 오랫동안 말이 없었다. 형진은 고개를 살짝 들고 수미를 살피다가, 조금 자신 없는 어조로 덧붙였다.

"아닐 수도 있지만…… 너한테 이 얘길 하고 싶었어. 그래서 그 비행에서 돌아오자마자 널 찾아온 거야."

"……나, 잠깐만 좀 일어날게."

수미가 의자에서 일어나 창가로 가더니 형진에게 등을 돌리고 섰다. 창가에는 작은 실내 화단과 물고기 몇 마리가 헤엄치는 어항이 놓여 있었다. 창밖으로는 다른 고층 건물들밖에 보이지 않았다.

"그때, 학교로 돌아오는 비행에서 내가 무슨 생각을 했는지 알아? 괜찮지 않으면 어떻게 하지. 일단 저지르긴 했는데, 옳다고 생각했으니 괜찮을 줄 알았는데 아무래도 안 괜찮아서, 나이 들어 요양원에 들어앉아 기계가 먹여주는 죽을 꾸역꾸역 삼키며 희미한 정신으로 그때 괜한 짓 했다는 후회만 간신히 부여잡고 늙어가면 어떡하지, 그런 생각을 했어."

형진은 관사 안을 둘러보았다. 작은 테이블 위에는 연구실이나 대학이 배경인 듯한 사진 액자가 몇 개 놓여 있었다. 벽에는 어디서 사은품으로 나누어 준 것 같은 특색 없는 그림이 몇 점 걸려 있었다. 주방에 나와 있는

1인분의 식기. 두 사람이 겨우 마주 앉을 크기의 작은 탁자.

"수미야."

수미의 이름이 형진의 입술 사이를 찢듯이 힘겹게 새어 나왔다.

"나는 시험을 치르러 가면서 무슨 생각 했는지 알아? 비상점을 통과했는데 구조 요청을 하는 여객선이 있으면 어떡하나. 알아, 말도 안 되지. 어떻게 그런 일이 한 우주에서 두 번 일어나겠어. 그래도 나는 너무 무서웠어. 그날 저녁에 네 얘길 들은 다음부터는 시험보다도 그게 너무 무서웠어. 그래서 첫 도약의 느낌이 어땠는지 기억이 하나도 없어. 나는, 있잖아, 너 같은 결정을 해야 할까 봐 너무 무서웠어."

수미가 고개를 돌려 그를 바라보며 피식 웃었다.

"그건 정말 바보 같은 걱정이었네. 사람을 구할 기회가 그렇게 쉽게 올 줄 알았어?"

"그렇지."

형진이 어색하게 수미와 눈을 맞추었다. 둘은 한참 동

안 서로를 바라보았다.

"고마워. 네가 그때 그렇게 도망친 거, 이걸로 반 정도는 봐줄게."

수미가 깊이 심호흡을 하더니, 옆에 놓인 어항을 불쑥 가리켰다.

"넌 우주비행사니 화분이야 받아봤자 말려 죽이겠지. 이 어항은 자동 제어 시스템이라 가만둬도 5년은 가. 자주 손봐주면 좋기야 하지만 어지간하면 잘 안 죽어. 수명도 사람보다 훨씬 길대. 여기서 계속 키우면 나보다는 오래 살 테고, 너하고는…… 모르지. 너는 우주비행사니까. 내가 죽으면 얘들은 네가 데려가는 걸로 하자. 이거, 광고 문구가 '우주비행사도 키울 수 있는 반려동물'이었어."

형진은 어항 속을 헤엄치는 물고기들을 바라보았다. '우주비행사도 키울 수 있는'이라는 광고가 붙은 물고기를 사 들고 이 1인 관사로 돌아오는 수미를 상상해보았으나, 도무지 눈앞에 떠오르지 않았다. 비상점 사이로 조각난 형진의 삶을 지금의 수미는 아마 그릴 수 없듯이. 수미가 "평가 항목에 포함되지 않은 동작입니다"라는 소리를 들으며 악몽에서 깨어나던 밤들을 형진이 모르듯이. 도약 사이사이 불쑥 형진을 사로잡던 공허를, 때때로 아무 이유도 없이 우주선 주변을 거듭 스캔하던 형진의 두려움을 수미가 모르듯이.

"우리, 그렇게 끝내기로 하자. 어때?"

형진이 천천히 고개를 끄덕였다.

"알았어."

수미가 아주 작고 느린 미소를 띠고 다시 말했다.

"고마워."

집

1

'이것은 일어날 수 있는 일이다.'

나는 가벼운 유골함을 들고 걸으며 생각했다.

'이것은 언제든지 일어날 수 있는 일이었다.'

우리는 이날을 가끔 말했었다. 즐거운 화제는 아니지만 필요한 과정이었기 때문이다. 함께 차를 마시고, 식사를 하고, 손을 잡고, 입을 맞추고, 몸에 서로의 이름을 새기는 동안 우리가 함께 받은 과제였기 때문이다. 우리는 사랑 외에도 고려할 것이 많은 현실을 받아들였고, 본사의 정신건강 프로그램에 등록했다. 나는 나의 죽음을 준비했고 그는 긴 기다림을 준비했다.

시뮬레이션도 했다. 나는 지금 모습 그대로 쉰, 예순, 일흔 살인 그를 만났고, 그는 나의 장례를 치렀다. 나는 일흔 살인 그를 눈앞에 선명하게 떠올릴 수 있었다. 정원을 가꾸는 그를 만났었다. 내가 낯선 현관문을 두드리자 나이 든 그가 나와 반가움과 당혹감이 섞인 표정으로 나를 보았다. 그러면 나는 본사의 《우주비행사의 가족으로 사는 법: 카두케우스가 당신들을 지켜줍니다》를 그에게 건넸고, 그는 내 앞에서 〈파트너〉 편을 펼쳐 읽어보고는 고개를 끄덕이고 눈물을 흘리며 나를 향해 두 팔을 벌렸다. 나는 그 품에 가만히 안겼다. 늙은 그를 그렇게 미리 만나고 돌아온 밤이면, 나는 그의 몸에 매달렸다. 시뮬레이션에는 그의 체취가 없었다.

"그거 곤란한데. 다 늙은 몸 냄새가 싫어서 네가 떠나는 엔딩은 없어?"

내가 체취 이야기를 하면 그는 그렇게 말하며 웃었다. 그 멀끔한 얼굴을 만지며, 익숙한 몸을 더듬으며, 나는 웅얼거렸다.

"중요한 게 아니니까 없겠지. 응, 중요하지 않아."

시뮬레이션 속 우리 집 문은 파란색이었다. 파란색은 마키엔데 27섹터의 주거 지역이다. 나는 27섹터에 가본 적이 없다. 그곳은 은퇴한 우주인들을 위한 곳이었다. 시대와 어긋나게 나이 든 사람들이 사는 곳이었다. 나는 그 파란 문을 그를 만나기 전, 혼자 살던 내 집의 문 정도로 떠올릴 수 있었다. 희미한 인상 정도만 겨우 남아 있다는 말이다. 언젠가 내가 27섹터에 가는 날이 오면, 혹시나 오면, 그가 나를 기다리고 있겠지. 그러니까 괜찮아. 나는 그의 손을 끌어당겨 쥐었다. 그가 힘을 실어 내 손을 마주 잡았다. 네가 나의 집이야.

그가 시뮬레이션에서 무엇을 보았는지 나는 잘 모른다. 본사의 정신건강 프로그램은 그 사람의 상황에서 가장 가능성 높은 위기 상황을 보여주고 준비시킨다. 그는 시뮬레이션에 대해 거의 말하지 않았지만, 첫 번째 시뮬레이션 후 바로 심리상담 프로그램을 신청했다. 내 시뮬레이션 안에는 언제나 그가 있었다. 그의 프로그램에는 아마 내가 없었을 것이다. 시뮬레이션에 같이 들어가지 않았더라도 우주비행사라면 쉬 짐작할 수 있는 일이다.

그는 한 번, 말한 적이 있다.

"어차피 그렇게 된다면, 시신이라도 다시 만나고 싶어."

나는 시뮬레이션에서 무엇을 보았는지 몰라도 그렇게 슬픈 일은 없을 거라고 말하지 않았다. 거짓말이 될 테니까. 본사는 우주에서 사망한 직원들의 시신을 거의 수거하지 않고 대충 모아두었다가 한꺼번에 모아 대기권으로 밀어 넣어 소각한다는 말도 하지 않았다. 딱히 비밀은 아니었지만, 《우주비행사의 가족으로 사는 법: 카두케우스가 당신들을 지켜줍니다》에 그 대충 쌓아놓았다가 폐기할 우주선에 대충 실어 대충 태워버리는 과정이 자세히 쓰여 있을 것 같지도 않았다. 어쨌든 본사는 비행사가 지정한 사람에게 지정한 유품을 반드시 보내준다. 본사는 약속을 지킨다. 시신을 수거하겠다는 약속을 하지 않았을 뿐이다. 우리는 보통 몸에 지니지 않는 물건을 고른다. 나는 그와 함께 찍은 사진을 모은 사진첩과 비행학교 졸업 메달을 골라두었다. 나는 언제나 나보다 그가 더 큰 희생을 결심했고 더 큰 각오를 했다고 생각했다. 그래서 굳이 말하지 않았다. 더해진 정보 한 조각이 너무 무거울까 봐, 그의 각오의 크기를 넘어설까 봐 두려웠다.

우리는, 반대로 준비했던 것이다.

2

우주선 건조(建造)는 조선업이 아니라 건설업이다. 행성 위에 거주 구역을 세우듯 우주에 거주 구역을 만드는 것이다. 카두케우스 사는 집을 짓듯이 우주선을 지었다. 효율적이고, 치밀하고, 아름답게. 완벽하게. 그는 움직이는 집을 만들었다.

"조선업이 아니라 건설업이라니, 참신한데."

내 말에 그가 어이없다는 표정을 지었다.

"건설업과 조선업이 같다는 건 상식이야. 넌 지금까지 네가 뭘 몰고 다닌다고 생각한 거야? 자동차?"

"우주선."

"하!"

"아니, 아무래도, 내가 집을 타고 다닌다고 생각해본 적은 없었어."

"너 비행사 되려고 엄청 고생했다며. 사람이 그만큼 고생해서 운전할 만한 게 집 말고 또 있겠어?"

"로맨틱하다."

나는 꽤 진심으로 감동했다.

그가 나를 가만 바라보다가 고개를 절레절레 흔들었다.

"난 네가 뭐에 감동하는지 아직도 잘 모르겠다."

"우주. 우주선. 비행."

"거기까진 알아."

"그리고 너."

"그래, 나. 그것도 알아."

나는 더 말하는 대신 그를 끌어안고 크게 웃었다.

그다음 비행에서 나는 중형 여객선을 몰았다. 이주하는 직원들을 싣고 수도와 가까운 비상점을 한 번 통과하는 짧은 비행이었다. 나는 탑승객들의 방 한 칸 한 칸이 하나의 집인 커다란 집을 들어 옮기는 상상을 했다. 잠을 자러 숙소로 들어갈 때마다 집으로 돌아간다고 생각했다. 그것은 무척 아름다운 경험이었다. 우주 속에 홀로 앉아, 나는 우주 어디서나 집을 찾을 수 있게 해준 그를 찬양했다. 진짜 집, 그와 나의 집에 돌아가면 이 느낌을 꼭 말해주어야겠다고 다짐했다. 그는 내 말을 다 이해하지 못하겠지만, 그의 말 덕분에 내 삶이 더 풍요로워졌다는 마음은 전해지리라. 그러면 그는 눈을 찡그리며 "우주인들이란!" 하고 말할 것이다. 나는 그 말에 늘 하던 답을 하리라.

"우리 모두는 우주인이야."

3

유골함과 그의 신분증, 나의 직원증을 데스크에 나란히 놓았다.

안내 데스크의 직원이 유골함을 흘끗 보고, 그의 신분증을 스캔하더니 말했다.

"유골함이 작은데요. 다 안 들어갈 겁니다. 담기는 만큼만 넣고 나머지는 처분할까요, 압축을 할까요? 압축하면 압축비 20퍼센트를 추가로 내셔야 합니다."

나는 직원의 말을 이해하지 못했다.

"규격 제품인데요."

직원이 고개를 들어 나를 보더니, 조금 더 친절한 말투로 설명했다.

"이건 비행사 규격 유골함입니다. 비행사 유골함은 보통 유골함보다 작게 만들어요. 60~70퍼센트 정도로요. 우주비행사 유골함은 실제 유골을 담는 게 아니고 이름만 유골함이라고 붙인 거니까요. 그런데 지금 이…… 음…… 이…… 돌아가신 분은 성인이고 실제로 화장을 했기 때문에, 이 유골함에는 다 안 들어가요."

나는 멍하니 서 있었다. 유골함은 집에서 찾아낸 물건이었다. 그가 남긴 많은 물건 중 하나였다. 붙박이답게, 그에게는 자질구레한 물건이 아주 많았다. 그는 자기 정도면 15섹터에서는 딱 보통이라고 했다. 책상 밑 상자 안에서 찾아낸 이 유골함 포장에는 분명 '규격 유골함'이라고 쓰여 있었다. 비행사 규격 유골함이라고 쓰여 있었던

가? 내가 '비행사'라는 문구를 못 봤나? 어떻게 그럴 수가 있지?

"오늘 안에 새 유골함을 가져오시면 전부 담아드릴 수 있어요. 폐, 정리 마지막 날 오셔서 보관 연장은 못 해드리니 양해 부탁드립니다."

"나머지는 어떻게 처분되나요?"

"본사에서 지정한 장소에 적절하게 보관하였다가 일정 기간 후 엄숙히 정리됩니다."

같은 말을 천 번도 더 해본 것 같은 표정과 말투였다. 나는 《우주비행사의 가족으로 사는 법: 카두케우스가 당신들을 지켜줍니다》를 떠올렸다.

"압축해주세요."

"네, 알겠습니다. 15분 더 소요됩니다. 20층에 대기실이 있으니 거기서 기다리세요."

"여기서 기다릴게요."

"안 됩니다. 20층으로 가세요."

직원의 말에는 단단한 권위가 실려 있었다. 본사의 준비된 권위였다. 나는 여기, 화장장 로비에서 15분을 기다릴 수 없었다. 왜? 분명 이유가 있을 터였다. 본사가 하는 모든 일에는 합리적인 이유가 있다. 유골을 찾으러 온 다른 유족과 마주치면 유족들이 더 크게 동요하고, 그러면 더 많은 사람을 안정시켜야 해서 더 많은 자원이 소모되는지도 모른다. 이 자리에서 대기하던 유족이 직원에게 말을 걸어 에너지를 필요 이상으로 소진시킬 가능성이 있을 수도 있다. 내가 일을 하지도 다음 일을 위해 쉬지도 않고 여기 멍하니 서서 그의 유골이 60~70퍼센트 압축되기를 기다리는 1분 1초가 본사 입장에서는 체력 낭비이기 때문일 수도 있고.

유골함을 순순히 직원에게 넘기고, 20층으로 갔다.

4

"우주인들이란!"

그가 말했다. 내가 웃음을 터뜨렸다.

"그렇게 말할 줄 알았어."

"앗, 나는 틀렸다."

"뭐라고 할 줄 알았는데?"

"우리 모두는 우주인이라고 할 줄 알았지."

"아! 맞다! 원래는 그 말을 하려고 했는데."

"이번에는 내가 해버렸네."

나는 그의 단발 끝을 만지작거렸다.

"어제 잘랐어?"

"오늘 아침에."

"얼마나 길었었는데? 보여달라니까."

우리의 시간은 조금씩 다르게 흐른다. 내가 비상점을 통과해 도약한 사이에 그의 시간은 세상의 속도로 더 많이 흘렀다. 아마 머리도 그새 길었을 것이다. 어깨까지 닿지는 않았을 테고, 묶을 정도는 되었을까? 그는 내 앞에서 언제나 똑같은 길이의 단발머리를 고수했다. 다른 머리 모양을 보고 싶다고 칭얼거리듯 졸라보아도 그저 웃기만 했다.

예전 기록을 보면 그의 머리는 원래 꽤 화려했다. 삭발을 한 적도 있었고, 전부 보라색으로 염색한 적도 있었고, 서로 엉켜 빗질도 못 할 것 같은 엉망진창 파마를 한 적도 있었다. 시간순으로 보면 긴 머리가 서서히 길었다가 다시 짧아지곤 했다. 나를 만난 다음부터, 그는 나를 처음 만났던 그때의 단발머리를 바꾸지 않았다.

그의 시간은 언제나 일정한 속도로 흘렀고 그에게는 30여 년 치의 과거가 온전히 남아 있었다. 그의 기록은 한 해 한 해 일정한 간격으로 순탄히 남아 있었다. 나는 내가 보지 못한 그 모든 과거의 그를 그리워했다. 나는 나에게 없는 그 연속성에 탐닉했다. 처음 살림을 합쳤을 때에는, 내가 그의 기록을 어찌나 열심히 봤는지 그가 화면은 제발 좀 끄고 눈앞의 자기를 보라고 타박할 정도였다. 어떻게 모든 것이 이렇게 일정한 속도와 정도로 변화할 수 있지? 어떻게 한 사람의 삶이 이토록 완벽하게 이어져 있을 수가 있지? 이게 자연의 속도인가?

"더 자연스럽거나 완벽한 건 아니고, 그냥 상대적인 거라고 생각해."

내가 꽤 진지하게 물었던 날이었다.

"나는 여기서 태어나 자랐고, 조선계는 상시 직원 모

집이니 우주선을 만들게 됐어. 어차피 여기서는 대부분 본사에 취직하잖아. 멀리 나가기는 귀찮고, 있는 김에 조선계에 들어가겠다고 했더니 받아주기에 그런가 보다 했지. 아마 여기 안 들어왔으면 부모님이랑 살던 동네에서 건물 유지 보수를 했을 것 같아. 아니면 뭐, 동네 가게에서 일자리를 찾았을 수도 있고, 본사가 지정해줄 때까지 기다렸을 것 같기도 해. 어쨌든 굳이 어디 가지 않고 쭉 그대로 살았을 것 같아. 너처럼 시간이니 공간이니 하는 주제를 생각해본 적이 없어. 그렇다고 내 방식이 자연스러운 일인지는 모르겠어. 나는 평범하게 살았는데. 보통은 나처럼 살긴 하니까. 하지만 네 삶도 너한테는 나름 자연스러웠던 거 아냐? 뭔가 나는 잘 모르지만, 비행사의 방식? 그런 관점에서는?"

"그런가."

나는 '우리 모두는 우주인'이라는 말을 들었을 때의 벼락같은 충격을 기억했다. 세 살 때였다. 여섯 살, 유치원 교사가 나를 본사에 추천했던 일을 기억했다. 열한 살, 집을 떠난 날을 기억했다. 다시는 못 볼 것처럼 나를 보내던 가족들을 기억했다. 그러고 보니 나는 가족을 다시 만나지 않았다. '자연스럽게' 그렇게 되었다. 영원할 것 같던 비행학교에서의 몇 년과 그곳에서 만난 사람들과 첫 번째 비행을 모두 따로따로, 조금씩 기억했다. 내 기억은 그의 기억처럼 흐르지 않았다. 내 삶에는 몇 개의 피뢰침이 벼락을 삼키며 듬성듬성 꽂혀 있었고, 그는 내게 내린 가장 큰 벼락이었다.

5

조선계가 늘 일손을 모집하는 이유는 건설 현장이 위험하기 때문이었다. 우주선 건조는 위험한 일이었다. 아주 크고 아주 예민한 집을 짓는 일이었다. 아무리 작은 우주선도 사람보다 훨씬 컸다. 아무리 섬세한 기기도 거대한 중장비였다. 그리고 본사는 무사고를 위해 노력하지 않는다. 당연하다. 무사고는 고비용 비효율이다. 사고 예방 비용보다 사고 후 처리 비용이 높은 사고만 막는 것이 타당하다.

타당할까?

화장장 20층, 선내처럼 나뉜 빈방 중 하나에 들어가 앉았다. 그가 남긴, 아마 나를 위해 준비했을 비행사 규격 유골함을 생각했다. 그는 그 유골함을 언제 샀을까? 우리가 만나고 몇 달, 아니면 몇 년이 지났을 때였을까? 그는 어떤 마음으로 그 유골함을 샀을까? 아마 내가 없을 때 샀겠지. 내 몇 번째 비행이었을까? 언제부터 우리가 죽을 때까지 함께하겠다고 생각했을까? 돌이켜보니 그에게 물어본 적이 없었다. 우리는 '자연스럽게' 사랑에 빠지고 몸을 겹치고 집을 합쳤다. 그와 함께 있을 때, 내 삶은 잠깐 천천히 흘렀다. 보통은 그렇게 사는 식으로 흘렀다.

사고는 아주 단순했다고 들었다. 10만 번에 한 번 철판을 떨어뜨리는 단순한 운송 장치였다. 철판을 떨어뜨리는 오작동을 할 때 늘 철판이 실려 있는 것도 아니고, 철판을 떨어뜨릴 때 늘 아래에 사람이 있는 것도 아니다. 일하는 사람들이 운송 장치의 동선을 적당히 피해 다니기도 했다. 굳이 기계를 개선할 정도의 문제도 아니었고, 회사가 굳이 운송 장치의 움직임을 완전히 피해 움직이는 동선을 잡는 공을 들일 정도도 아니었다.

내가 돌아왔을 때는 모든 수습이 끝나 있었다. 우주비행사의 등록 파트너라는 점을 배려해 그의 유골 보관 기간이 내 비행 종결 보고 후 열흘까지로 자동 연장되어 있었고, 보관 비용도 무료였다. 의무 출석 심리상담 프로그램이 있고, 정신감정을 통과하면 한동안 근거리 화물선 비행이었다. 본사가 이미 다 정리해두었다. 본사에 몸을 맡기기만 하면 됐다. 내가 유골 보관 기간 마지막 날까지 집에 처박혀 있다가 그의 책상 밑에서 유골함을 찾아내지 않았다면, 그의 유골이 본사가 제공하는 주민 표준 유골함에 담겨 나에게 왔을지도 모른다. 어쩌면 본사는 그를 정말로 엄숙하게 정리해줬을지도 모른다. 유골함을 든 심리상담사가 비통한 표정으로 문을 두드렸을지도 모른다. 나는 사고 예방 비용이 사고 후 처리 비용보다 높은, 우주비행사니까. 태어나고 자란 행성에서 당연한 듯 집 근처 공장에 들어가 우주선을 만들던 그와는 달리.

6

우주비행사가 되는 것은 죽음을 준비하는 과정이었다. 모든 상황을 대비하고 모든 경우의 대응을 준비한 특별한 사람들만 우주비행사로 우주에서 죽을 기회를 얻는다. 나는 우주인의 방식을 배웠다. 본사의 결정을 받아들이고 의심하지 않는 법을 배웠다. 그러나 죽음을 준비한 사람을 사랑한 사람의 죽음까지는 준비하지 못했다. 이것은 일어날 수 있는 일이었지만, 미리 준비시킬 정도의 일은 아니었던 모양이다. 혹시 발생하면 심리상담을 지시할 정도의 일이었던 것이다. 그저 그 정도의, 언제든지 일어날 수 있었던 일.

7

나는 아마 아주 오래 살겠지. 집과 집 사이를 떠돌며.

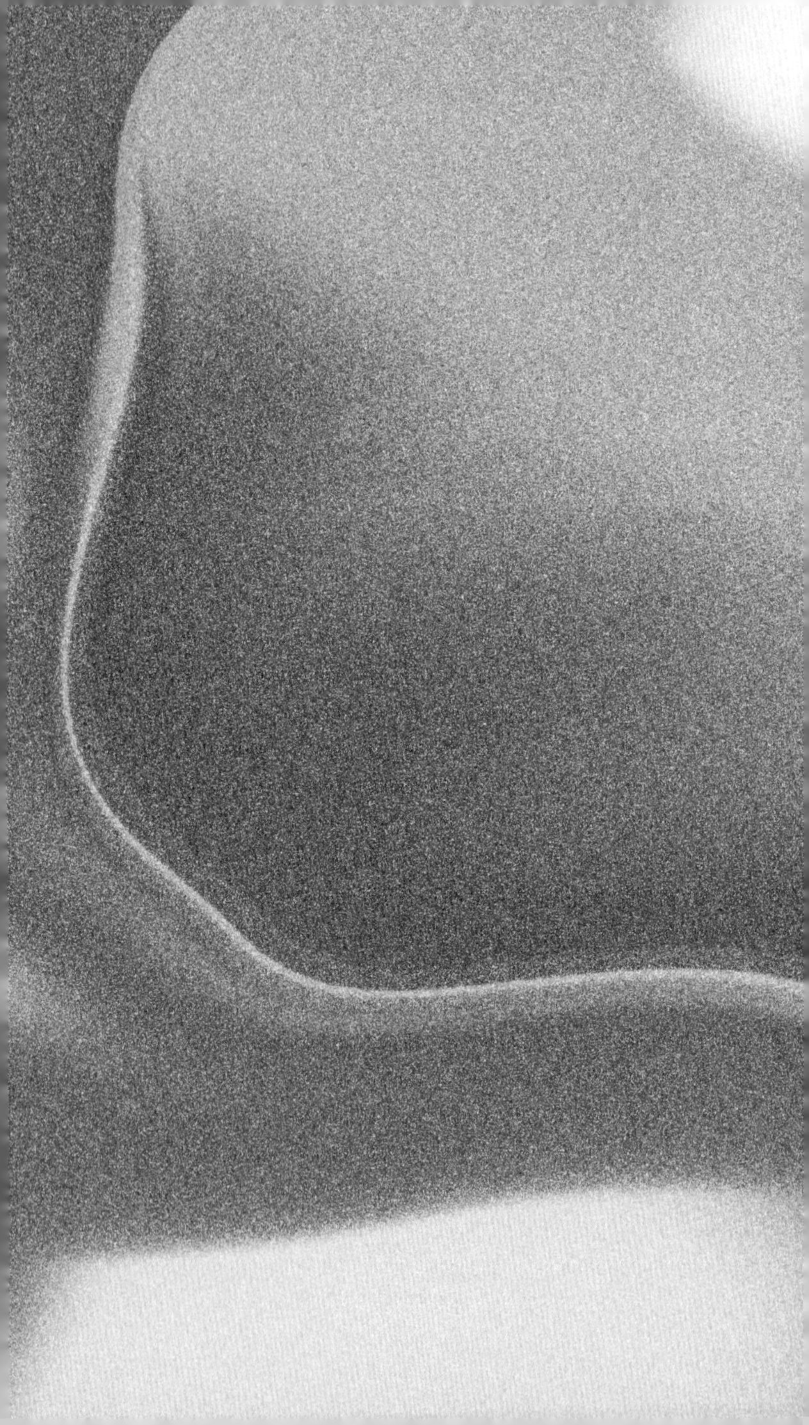

무너진 세상에서 우리는

처음이 아니기를

쨍하고 방울이 가볍게 울리며 카페의 문이 열렸다. 나는 책에서 문으로 시선을 옮겼다. 남희가 카페 안을 휘둘러보다 나와 눈이 마주치자 생긋 웃었다.

"일찍 왔네."

"네가 늦은 거야."

나는 투덜거리면서도 남희 앞으로 물컵과 접시를 밀어주었다.

"미안해, 짐 싸느라 정신이 없어서……. 이 케이크 맛있네!"

나는 커피 잔을 들고 푹신한 소파에 몸을 기댔다.

"내일 몇 시 출발이랬더라?"

"아침 8시 비행기. 못 일어날까 봐 걱정이야. 혹시 모르니까 희정이한테 새벽에 전화해달라고 부탁해놨어. 어휴, 막상 내일 나가려고 보니까 아직 할 일이 산더미처럼 쌓여 있더라. 일어나서 지금까지 가방을 두 번이나 풀고 약국에도 갔다 오느라 정신없었어."

"그러게 시간만 나면 아픈 애가 뜬금없이 웬 중국? 여기서 헬스장이나 다니지그래."

"누가 들으면 내가 다이어트하러 가는 줄 알겠다. 중국쪽에서 일하고 싶으니까 미리미리 준비해둬야지. 그나저나 저번에 비가 오는 바람에 영 시원찮았다고 했던 외교부 견학 얘기 기억나지? 며칠 전에 다시 신청해서 가봤거든. 진짜 부럽더라, 내가 하고 싶은 일을 하는 사람들을 보니까……. 그런데 그쪽에서 일하는 사람들은 거의 자기들끼리 결혼한대. 만약 들어가서 마음에 드는 사람이 없으면 어쩌지?"

남희가 장난스레 말하며 발랄하게 웃음을 터뜨렸다. 나는 손가락에 걸린 빈 커피 잔을 한 바퀴 돌렸다.

"어이구, 열심히 공부해서 합격할 생각부터 하세요, 예비 외교관 씨."

"또 그 소리. 네가 그렇게 고지식하니까 우리 엄마도 만날 현아 좀 닮아라, 현아는 요새 뭐 하니 하고 자꾸 너만 찾으시지. 도대체 누가 진짜 엄마 딸인지 모르겠다니까."

"여자 꽁무니나 쫓아다니는 줄 알고도 그러실까."

남희가 굳어진 얼굴로 입으로 가져가던 포크를 탁 소리 나게 내려놓았다.

"왜 말을 그렇게 해. 무슨 일 있었어?"

나는 조용히 한숨을 쉬었다.

"별일 없었어. 내일 나가는데 이상한 소리 해서 미안해."

"무슨 일인데?"

남희와 나는 중학교 동창으로 어느덧 십년지기였다. 고등학교도 대학교도 달랐지만 10여 년이면 서로를 잘 알기에 부족하지 않은 시간이었다. 특히 남희가 재수 끝에 서울에 자리를 잡은 다음부터는 어린 시절의 솔직한 우정에 기댈 곳이 필요한 객지 생활의 외로움이 눌어붙어 그럭저럭 서로 비밀이 적은 사이—남희의 주장에 따르면 제일 친한 친구—가 되었다.

"어제 집에서 전화가 왔거든. 그냥 좀…… 아버지의 친구분이 아는 사람 아들이라나 뭐라나, 여기 서울에 있으니까 한번 만나라도 보는 게 어떻겠느냐고 하시더라."

"아직 말씀 안 드렸어?"

"앞으로도 아무 말 안 할 거라니까. 아니, 솔직히 나도 어떻게든 정리야 하고 싶지. 나이가 있는데. 근데 없으면 못 살 사람이라도 만나서 데리고 간 다음 '이 사람을 너무 사랑해서 남자하고는 못 살겠어요'라고 하면 몰라도, 당장 내놓을 사람도 없으면서 '저는 여자가 좋아요. 그런데 애는 갖고 싶거든요. 더 늦기 전에 인공 수정을 할 생각이니까 할아버지 할머니가 되실 준비를 해주세요'라고 하리? 아서라, 우리 아버지 그 자리에서 넘어가신다. 내가 아무리 불효자라도 그 정도로 강심장은 아니야."

남희는 고개를 저으며 포크로 케이크를 들쑤셨다.

"애 낳겠다는 생각은 그대로인가 봐?"

"그렇지, 뭐."

"괜찮은 사람은 아직 없고?"

나는 남희의 눈을 피해 커피 잔에 시선을 꽂았다.

"그렇지, 뭐."

*

생애 첫 외국 여행이자 어학연수를 떠났던 남희에게서 갑자기 연락이 온 것은 장마가 시작된 7월 중순이었다. 퇴근길에 갑자기 쏟아진 비를 맞으며 주차장에서 아파트까지 뛰느라 숨이 차올랐던 저녁, 전화벨이 울렸을 때 나는 컵에 차가운 물을 막 따르고 있었고, 남향인 거실은 저녁 6시 반인데도 비구름에 해가 가려 어두컴컴했다. 지금까지도 선명히 떠오르는 것은 그런 사소한 부분들이다. 내 손에 들려 있던 유리컵의 빗금무늬, 탁자 한쪽에 쌓여 있던 잡지의 제호와 좋아하지도 않았던 표지 모델의 사진, 윗집의 빗물받이에 고였던 물방울이 통 하고 떨어지던 묵직한 소리.

"현아? 현아야, 집에 있으면 전화 좀 받아. 아직 퇴근 안 했니?"

남희의 목소리였다. 몇 번 메일을 보내기는 했지만 지금껏 전화를 한 적은 없었는데. 나는 얼른 스크린을 켰다.

"지금 들어왔어. 웬일이야? 전화를 다 하고."

남희는 아랫입술을 깨물고 난감한 표정으로 나를 바라보다 입을 열었다.

"그쪽에는 아무 소식 안 갔어? 뉴스라든가."

"무슨 말이야? 사고 났어?"

나는 손에 쥐고 있던 컵을 내려놓고 스크린 앞에 자리를 당겨 앉았다. 자세히 들여다본 남희의 얼굴은 여름 여행자라고 보기에 너무 누렇게 떴고, 입술도 새파랗게 질려 있었다.

"아무 소식도 못 들었어? 정말?"

"뭐야, 큰일이야? 괜찮아?"

"나도…… 자세히 몰라. 여기, 그러니까 여기 병원이거든. 전염병 비슷한 게 돌고 있대. 면역 계통 바이러스? 디엔에이? 설명을 듣기는 했지만 너무 어려운 데다 모조리 영어랑 중국어고 사람들마다 말하는 것도 달라서 무슨 소린지 모르겠어. 일단 네 메일로 여기서 구할 수 있는 건 다 보냈으니까 한번 읽어봐. 여하튼 심각한 것 같아. 사람들이……."

남희의 목소리는 덜덜 떨리기 시작했다.

"……사람들이 많이 죽었어. 시간이 좀 걸려서 지금까지 몰랐나 봐. 바이러스가…… 여기보다 더 위에서 내려왔대. 몽골 독립국에서 생화학 테러를 했다고도 하고, 반대로 대륙이 몽골에 퍼뜨린 게 되돌아왔다는 말도 있어. 그리고 여기 국제 유전자 연구소인지 병원인지가 하나 있거든. 거기서 잘못되었다는 말도 듣긴 했어. 모르겠어, 나도. 공안들은 아무것도 모른다고만 해."

심장이 덜컹하고 바닥으로 떨어져 내렸다. 병원. 전염병. 죽음. 나는 두 손으로 스크린을 꽉 움켜쥐고 얼굴을 들이밀었다.

"너는? 남희야, 너는?"

"이 병원도 연구소에 딸린 건데, 일단 이쪽에서 제일 큰 병원이래. 지금 70명? 80명?"

남희는 무엇인가를 확인하려는 듯 잠깐 등 뒤로 고개를 돌렸다.

"80명 조금 넘게 들어와 있거든. 그러니까……."

"그러니까 너는 어떻게 됐느냐고!"

남희가 또다시 입술을 깨물고 눈을 굴렸다. 어릴 적부

터 난감하거나 미안할 때면 나오는 습관이었다.

"어머니께 말씀드리면 너무 놀라실 것 같아서 너한테 먼저 연락한 거야. 아직 그쪽에는 뉴스에도 안 나왔다니 어떻게 된 건지 모르겠네. 우리 집에 전화해서 내가 며칠 연락이 안 돼도 걱정하지 말라고 좀 전해줘. 이 병에 걸리면 간에 문제가 생기는데, 여기서 이런저런 연구를 하고 있다니까 아마 곧 답이 나올 거야. 그냥 조금 아프다고 해. 가능성이 별로 없겠지만 어쩌면 필요할지도 모르니까 어머니랑 동생한테 간 검사, 그 생체 부분 간 이식 수술할 때 하는 검사가 있거든. 병원에 가서 말하면 알 거야. 그거 해서 보내달라고도 말씀드리고. 일단……."

남희는 다시 등 뒤를 흘긋 보았다.

"끊을게. 메일 확인해봐. 너무 걱정하지 마."

테러? 전염병? 공안? 생체 이식? 나는 전화를 끊고 한참 동안 멍하니 앉아 있었다. 저릿함이 스크린을 쥔 손가락 끝에서 손바닥으로, 팔로, 가슴으로, 다리로 퍼져 나갔다. 거세어진 빗줄기가 사납게 창을 때렸다.

'중국 북부에서 창궐하는 전염병'이 국내 언론에 보도되기 시작했을 때, 나는 이미 남희의 어머니와 동생의 검사 기록을 중국으로 보낸 다음 휴가를 내고 중국행 비행기에 올라 있었다. 새로운 질병, 더욱이 위생 상태가 나쁘다는 중국 북부 지방에서 발발했다는 전염병은 별로 큰 뉴스거리가 아니었다. 국경을 넘어 들어오지만 않는다면 아무래도 좋을 남의 일일 뿐. 나는 그다지 새로운 내용이 없는 신문을 덮고, 남희가 몇 번에 걸쳐 나누어 보내왔던 자료를 다시 훑었다.

에이즈나 일부 간염처럼 혈액이나 체액의 직접 접촉을 통해 감염되는 이 새로운 바이러스는 면역 체계를 교란시켜 정상적인 장기를 외부에서 침입한 것으로 인식하게 한다. 신장이나 간 이식 수술에서 환자와 이식된 장기가 안 맞으면 거부 반응이 일어나고, 심한 경우 쇼크로 죽음에 이르기도 한다는 것은 널리 알려진 얘기다. 이 바이러스에 감염되면 그런 거부 반응이 자신의 장기를 대상으로 일어나버린다. 생존에 필수적인 장기를 적으로 인식한 면역 체계는 맹렬히 공격을 퍼붓고, 공격을 받은 간은 마치 인간에게 이식되면 몇 분 만에 정지해버리는 동물 장기처럼 제 기능을 상실하고 새까맣게 죽어간다. 공격을 끝낸 면역 체계는 희한하게도 정상으로 돌아가지만, 이미 필수 장기를 잃은 몸은 시체나 다름없다. 보통 장기 이식 수술을 할 때는 거부 반응을 막기 위해 면역 억제제를 투여하여 공격을 막는다. 하지만 이 경우에는 공격을 당하는 것이 원래 자기 기관인 데다 워낙 급성인 병이라 면역 억제제만으로는 해결이 되지 않을 뿐더러 오히려 고통받는 시간을 연장시키는, 더 지독한 결과를 가져올 수도 있다고 한다. 이미 남희가 있는 연구소에서 가능한 임상 조치는 다 취해본 것 같았다. 솔직히 남희 가족의 검사 기록도 아무 쓸모가 없어 보였다.

과학이나 의학 전공자가 아닌 내가 사정을 다 알 수야 없었지만, 남희가 보낸 자료 곳곳에서 묻어나는 절망적인 신호를 빤히 보면서도 모르겠다며 무작정 고개를 돌릴 수는 없었다. 다섯 살 아래 남동생에게 이리저리 치이기만 하다 동생이 자원입대한 재작년쯤에야 마음잡고 외무 고시를 준비하기 시작한 남희와 달리, 나는 고등학생 때부터 내 한 몸 추스르며 눈에 띄지 않고 살 준비에 열중해왔다. 의사나 생물학자가 되고 싶다고 생각한 적이 있기는 했으나 그 분야에 천재적인 재능 같은 것은 없었기 때문에, 진로를 결정할 때가 되자 미련 없이 로스쿨에 입학했다. 한때는 장래의 업으로 고려했던 과학 분야에 대한 관심은 서서히 교양 강좌를 듣거나 박물관 세미나에 가거나 무료할 때면 텔레비전 기획 다큐멘터리를 틀어 보는 정도로 옅어졌다. 그리고 눈에 띄지 않는 데에는 흔한 직업이나 흔한 외모를 갖는 것보다 스테레오 타입에 잘 맞아 들어가는 것이 더 효과적임을 깨달은 다음부터는 '결혼이나 연애보다 일에 관심이 많은 쿨한 전문직 여성'이라는, 누구나 납득할 만한 전형에 맞춰 나의 이미지를 조금씩 쌓아나갔다. 나는 똑똑하다기보다는 영리했다. 하지만 용기가 없을지언정 비겁했다고 말하고 싶지는 않았다. 나는 결국 경상도 소도시에서 '남희(男禧)' 같은 이름을 이상하게 생각하지 않고 '부잣집 맏며느릿감'이라는 말을 최고의 칭찬으로 주고받는 이웃과 어울려 평범함을 미덕으로 삼으며 자라난 20대

'아가씨'일 뿐이었다.

나는 공항을 나서자마자 남희가 있는 마을로 향했고, '환자의 변호사'라는 협박 아닌 협박을 몇 번이나 되풀이하며 남희의 말보다 훨씬 삼엄한 경비를 뚫고 연구소까지 들어갔다. 국제적 차원의 연구를 내세우는 국적 불명의 연구소에는 중국인보다 미국인 직원이 훨씬 많았다. 말이 제대로 통하기 시작하자, 남희가 내게 연락한 것이 다행이다 싶었다. 하지만 실제로 남희의 얼굴을 본 것은 병원 건물을 코앞에 두고도 만 이틀을 꼬박 기다린 다음이었다. 복도를 걸어가며 문틈으로 훑어본 병실은 지저분하지도 음침하지도 않았지만, 병상 위에 앉거나 누운 사람들의 얼굴에는 하나같이 자포자기의 절망이 드리워져 있었다. 나는 두려움에 오그라드는 가슴을 힘들여 펴고 의사의 뒤를 따라 걸었다.

"환자들을 격리 수용하지는 않습니까?"

의사가 마스크 너머로 회갈색 눈을 반짝이며 나를 바라보았다.

"네, 원래는 일상생활에서 감염 위험이 높은 질병이 아니기 때문에 지금 수준의 관리만으로도 위험하지는 않습니다. 게다가 이미 마을 전체가 사실상 격리된 상태이기도 하죠. 체액을 통해 직접 감염된다는 점을 고려하면 한마을에서 이렇게 한꺼번에 많은 환자가 발생한 것이 뜻밖의 일입니다. 만약 처음부터 주의했다면 괜찮았을 텐데, 여름이라 상처 입은 피부가 노출되기 쉬웠고 잠복기와 1차 발현 사이에 마을 축제가 열리는 바람에 곤란해졌죠. 아, SDT에 대해서는 들으셨습니까?"

SDT는 여기에서 임시로 붙여놓은 병명이었다. 나는 남희가 자료를 보냈다는 말을 해도 될지 잠시 고민하다 대충 얼버무렸다.

"아니요."

의사는 잰걸음으로 복도를 꺾어 들어가며 내가 이미 아는 부분을 좀 더 간단하게 설명한 다음 SDT의 진행 과정에 대해 말을 꺼냈다.

"잠복 기간은 아직 정확히 나오지 않았습니다만, 4개월에서 1년 사이인 것으로 짐작하고 있습니다. 지금까지

나타난 환자들을 조사하여 얻은 결과인데 타 지역, 특히 남부에서 환자가 발생하기 시작하면 더 정확한 데이터를 낼 수 있을 겁니다. 잠복기가 끝나면 한 달에서 석 달 동안 1차 발현 시기인데, 이때에는 면역 체계가 혼란을 겪으며 여러 장기를 무작위로 공격하다 중단하기를 반복합니다. 첫 환자들은 1차 발현이 끝날 즈음에야 병원을 찾았죠. 1차 발현기의 증세는 간염이나 신장염과 비슷합니다. 이때 공격받는 장기가 결정되지요. 이곳에 있는 123명의 환자들 중 70퍼센트가량이 간에 이상이 생겼습니다. 나머지는 대부분 신장이고 드물게 심장이나 폐인 경우도 있습니다. 신장인 경우에는 면역 체계가 진정된 다음에 죽은 신장을 들어내고 인공 신장을 연결한 다음 기증자를 찾아볼 수 있어 생존 가능성이 조금 높습니다. 다른 지역에서는 실패했지만, 대가족이 많은 이곳에서는 이식 수술을 신청한 환자 다섯 명 중 두 명이 무사히 수술을 끝냈습니다. 경과는 두고 보아야 하지만요. 심장이나 폐 환자의 경우에는 병의 진행 속도가 빨라 손을 쓸 겨를이 없습니다. 이남희 환자처럼 간이 타깃이 된 70퍼센트의 환자들도 쉽지는 않습니다. 1차 발현기가 끝나고 얼마 안 있어 2차 발현기가 오면 타깃이 된 장기가 면역 체계의 집중 공격을 받는데, 간의 경우 완전히 못 쓰게 될 때까지 짧게는 사흘에서 길게는 2주가 걸립니다."

전화로 보았던 남희의 퍼렇게 질린 입술이 떠올랐다.

"남희는 지금 어떤 상태입니까?"

"1차 발현기에 들어선 지 두 달이 지났습니다. 이남희 환자는 지역 주민 중 증상이 늦게 나타난 편이라, 이미 SDT에 대한 소문을 들어 첫 증세가 나타나자마자 병원을 찾았습니다. 그 덕분에 처음부터 증상을 자세히 추적할 수 있었지요. 여기입니다."

의사가 멈추어 서서 병실의 문을 두드렸다. '李男禧'라는 명패가 걸려 있었다.

"독실입니까?"

의사가 미닫이문의 손잡이를 쥔 채 몰랐느냐는 얼굴로 돌아섰다.

"수술을 신청한 환자니까요."

무슨 수술이냐고 물으려는 순간, 밀린 문 틈으로 남희의 여윈 몸이 한눈에 들어왔다. 나는 변호사 운운하던 것도 잊고 침대로 달려갔다.

"남희야!"

남희가 퉁퉁 부은 눈을 뜨더니, 나를 알아보고 힘겹게 몸을 일으켰다. 나는 의사를 떠밀듯 문밖으로 내보낸 다음 침대 옆 의자에 주저앉았다.

"못 올 줄 알았는데. 고마워."

나는 손에 서류를 구겨 쥔 채 언성을 높였다.

"안 돼. 너무 위험해. 난 반대야!"

"이러지 마, 현아야. 다른 방법이 없어. 너도 봤잖아."

"죽을지도 모르잖아!"

"어차피 죽어. 이대로 있으면 어차피 죽어! 지푸라기라도 붙잡고 싶어서 이러는 걸 왜 몰라!"

머리만 겨우 세우고 새된 소리를 지르던 남희는, 곧 지쳤는지 털썩 쓰러지듯 누웠다.

"현아야, 난 살고 싶어. 아직은 싫어. 이렇게 끝내는 건 너무, 너무…… 억울해."

나는 숨을 고르며 구겨진 서류를 찢듯이 펼쳤다. 간 환자가 사망하는 가장 큰 이유는, 물론 간이 없으면 생존이 불가능하기 때문이었다. 연구소는 타깃에 대한 공격을 끝내면 정상으로 돌아오는 SDT의 특성과 간만 있으면 살 수 있을 가능성을 고려해서 지금까지 여러 가지 방법을 시도해보았다. 처음에는 죽은 간을 끄집어내고 타인의 간을 이식했다. 실패였다. 부분 간 이식 수술과 달리 전체 이식 수술은 이제 정상으로 돌아온 면역체계에서 극심한 거부 반응을 불러왔고, 이를 막기 위해 면역 억제제 투여를 시도한 환자는 뇌사 상태에 빠졌다. 타깃에 대한 공격이 시작되기 전에 간을 일부 떼었다가 재수술해 넣는 방법, 인공 간을 이식하는 방법 등 여러 시도가 계속되었지만, 매번 실패하기만 했다. 그나마 인공 간 이식을 받은 환자는 투박한 인공 간을 단 채로 얼마간 더 살았고, 거기에서 실낱같은 희망을 얻은 의료진들은 새로운 방안을 내놓았다. 그것이 바로 남희가 동의한 수술이었다.

나노 기술과 체세포 복제를 활용한 대체 장기 개발은 몇십 년째 연구되고 있는 분야였다. 중학교 1학년 때, 과학 잡지 구석에서 나노봇으로 만든 간단한 주형 안에 세포를 넣어 그 형태대로 복제해내는 실험에 성공했다는 기사를 읽은 적이 있다. 나노봇으로 이루어진 주형이 세포 복제가 완료된 후 저절로 분해되고 나면, 생생한 세포로 이루어진 주물만 남는다. 어린 마음에도 아인슈타인이나 히틀러를 100명쯤 만들 수 있다는 허무맹랑한 신문 기사보다 지금 내가 가진 것과 '뼛속까지' 똑같은 눈과 폐를 만들어낼 수 있다는 말이 훨씬 현실성 있게 느껴졌다. 이 연구의 최대 난점은 구조가 대단히 복잡한 인간 장기의 틀을 어떻게 만들어내느냐였고, 당장 급한 환자를 살려야 하는 의사들은 완전한 복제 장기를 연구하는 대신 이미 사용되고 있는 인공 장기에 복제 체세포를 붙여 거부 반응을 막는 방법부터 연구하기 시작했다. 전지로 돌아가는 인공 심장에 환자 본인의 복제 세포를 씌워 이식하는 실험도 행해졌는데, 남희에게 건네진 자료에 따르면 환자 중에는 석 달을 산 사람도 있다고 한다. 아직 다수의 일반 환자를 상대로 행해진 적은 없는 시술이었다. 병원에서는 남희에게, 간이 죽고 면역 체계가 정상으로 돌아온 잠깐의 틈을 타 자기 세포로 코팅한 인공 간을 이식하는 수술을 받아보겠느냐고 물었다. 남희는 별다른 병력도, 임신이나 유산 경험도 없는 20대 중반의 여자였고, 2차 발현 전까지 세포를 복제할 시간이 아마도 남아 있는 환자였다. 남희 외에도 신원이 알려지지 않은 20대 후반의 남자 한 명, 30대 남녀 두 명이 이번 시도에 참여하겠다고 동의했다. 이들은 서로 접촉이 금지되었다.

남희가 서명해야 하는 서류에는 "수술에 대해 발설하지 않는다"부터 "병원과 연구소 측에 책임을 묻지 않는다"까지 온갖 불리한 단서 조항이 쓰여 있었다. 이런 상황이 아니라면, 당사자가 남희가 아니라면 절대 서명하지 못하게 끝까지 막았을 서류였다. 병원에서는 변호사이자 보호자 운운하며 들어온 내게도 비슷한 서류를 내밀며 동의하라고 했다.

"현아야, 동의해줘. 시간이 없어."

나는 남희가 거친 숨처럼 뱉어내는 소리를 들으며 손으로 관자놀이를 꾹 눌렀다. 남희는 노래를 잘했다. 중학생 시절, 우리는 겁도 없이 교무실 창문 아래에 앉아 팝 가수의 유행가를 어설픈 영어로 함께 흥얼거리곤 했다. 이제는 아주 옛날이야기 같았다. 나는 힘들고 난감하고 무서웠다. 병색이 완연한 남희의 얼굴을 보면, 예전의 생기를 찾을 수 없는 목소리를 들으면, 혼자 일어날 힘이 없는 몸을 몇 시간마다 옆으로 돌려 누이면 두려움이 머리꼭지에서부터 척추를 타고 삐죽삐죽 아프게 흘렀다. 두려움을 느끼는 것은 마음이 아니라 몸이었다. 나는 힘겹게 침대 옆 탁자에 놓인 펜을 집어 들고 구겨진 종이 마지막 장에 이름을 지익 적어 넣었다. 그리고 서류를 탁자에 탁 던졌다.

"알았어. 동의했으니까, 마음대로 해. 그렇게 하고 싶으면 한번 해보라고. 난 이제 네가 하자는 대로 할 테니까, 그러니까, 살아봐."

나는 흔들리는 목소리를 애써 가다듬으며 색이 바랜 문으로 시선을 돌렸다.

남희는 힘이 없는 얼굴로 어머니를 마주하고 싶지 않다고 했다. 그 대신 공안이 동석한 자리에서 전화로 내가 남희 어머니에게 간단히 상황을 전할 수 있었다. 어머님은 기겁한 얼굴로 뉴스에 나온 그 얘기냐, 우리 남희 괜찮냐는 질문을 두서없이 쏟아냈고, 나는 비록 상황은 좋지 않지만 남희가 수술을 받기로 했으니 너무 걱정하지 말고 마음 다잡으시라는, 내 귀에도 설득력 없게 들리는 말을 반복했다.

남희는 하루 종일 침대에 누워 소소한 이야기를 늘어놓았는데, 나는 마치 맹장 수술한 친구에게 가벼운 문병이라도 온 것처럼 말을 받아주었다.

"나 이름 그대로인 것 봤어?"

"응. 대학 들어가고 바꾼다더니?"

"미루다 보니 그렇게 됐어. 아예 새 이름을 지으면 몰라도, 음은 그대로 두고 한자만 바꾸려고 하니까 은근히 복잡하고 귀찮더라. 꼭 잘못 기입한 것처럼 보여서, 직장 들어간 다음에 하려고 했지. 한문 쓰는 여기서 일하고 싶으니까 발령받기 전까지는 꼭 바꿔야지. 여자애 이름이 남희가 뭐야."

남희는 마른기침 같은 웃음을 터뜨렸다.

남희의 부모님은 30대 초반에야 얻은 첫아이가 딸인 것에 낙심하여 아들을 바라는 마음에서 남희의 이름에 '사내 남' 자를 넣었다. 다섯 해 뒤에 남동생 정훈이가 태어났고, 남희의 이름은 그대로 남았다. 부모님의 간절한 마음을 전혀 이해하지 못하는 것은 아니었고 남희니 정남이니 하는 이름이 드문 동네도 아니었지만, 나는 솔직히 정훈이도 남희의 부모님도 달갑지 않았다. 남희는 중학생 때부터 이름을 바꾸고 싶어 했다. 음은 그대로 두어도 한자만이라도 다른 '남' 자로 바꿔 넣고 싶다며 교대에 들어간 다음에 개명 신청을 준비하기도 했다. 아마 "네가 어서 자리를 잡아 동생을 도와야지"라면서 남희를 교대에 입학시켰던 부모님에 대한 반발심도 조금은 있었으리라.

"그러시구려, 예비 외교관 씨. 이왕이면 거—창한 걸로 바꾸세요."

나는 힘겹게 입꼬리를 들어 올렸다.

남희는 많은 이야기를 꺼냈다. 고등학생 때 교회 청년부 오빠를 좋아했다고 했다. 대입을 다시 준비하던 시절 묵었던, 화장실도 없는 허름한 자취방을 돌이켜보며 웃었다. 그때 나는 로펌에서 알바로 잡일을 하여 모은 돈을 챙겨 들고 유명한 고급 레스토랑에 남희를 반억지로 데려갔었다. 무리 아닌 무리를 한 남희는 사실 다음 날 아침에 휴지를 들고 지하철 역사 안의 화장실로 뛰어갔었단다. 나는 이제 와서 그런 말을 하면 어쩌느냐고 얼굴을 붉혔다. 그 밖에도 남희는 가끔 눈을 뜨고 천장을 빤히 바라보며 돌아가신 아버지에 대해 무어라 중얼거렸다. 정훈이가 이제 다 커서 어머니를 모실 수 있으니 다행이랬다. 나는 그런 말 말라며 눈을 부릅뜨고 과장스럽게 호통을 쳤다.

남희의 상태는 나날이 나빠졌다. 울면서 내게 미안하다고 하고, 알아들을 수 없는 비명을 질렀다. 그리고 2차 발현기가 왔다.

나는 남희의 병실에서 쫓겨 나와 직원 숙소에서 기다

렸다. 남희가 어떤 고통을 받고 있을지 상상하고 싶지 않았지만, 조금씩 조금씩 시꺼멓게 죽어가는 남희의 간이 떠올라 밤잠을 설쳤다. 나는 남희가 즐겁게 노래를 부르는 꿈을 꾸었다. 남희가 아이를 낳는 꿈을 꾸었다. 아기는 검게 쪼그라든 남희의 시체를 가르고 나와 내게 덤벼들었다. 나는, 남희에게 고백하는 꿈을 꾸었다.

내가 중국에 들어가고 23일이 지난 다음 남희는 수술대에 올랐다. 네 명 중 세 번째였는데, 아무도 앞서 수술한 두 명의 결과를 알려주지 않았다. 나는 수술이 진행되는 사이에 스트레스와 피로 누적으로 쓰러지는 바람에 수술이 끝나고도 3, 40분이 지난 다음에야 일어나서 유리창 너머로 가만히 누운 남희를 볼 수 있었다. 남희는 산 것 같지 않은 상태로 사흘하고도 대여섯 시간을 더 살았다. 나는 두 번을 더 쓰러지고, 남희의 어머니에게 두서없는 연락을 하고, 면역 체계와 전쟁을 치른 남희의 몸이 연구실을 몇 번이나 들락거린 다음 담겨 온 상자 하나를 들고, 내가 무엇을 하고 있는지도 모른 채 국경을 넘었다. 이때의 기억은 젖어 쭈글쭈글하게 말라붙은 오래된 책장의 얼룩처럼 희미하다. 남희와 나의 친구, 남희의 친구, 남희를 가르쳤던 사람, 남희를 알던 사람, 남희를 좋아하던 사람들이 빈소를 스쳐 갔다.

"우리 딸, 우리 남희 아까워서 어떻게 보내니. 그깟 공부가 뭐라고 아무것도 못 해보고 가니, 아까워서 어떻게 보내."

남희의 어머니가 나와 정훈이를 부여잡고 울부짖었다. 나는 어머님의 어깨를 기계적으로 토닥이며, 아무것도 하지 않은 것은 아니지만 무엇도 완성하지 못했던, 이름마저도 온전히 제 것이 아니었던 스물여덟 살 난 친구의 사진 앞에서 질끈 눈을 감았다.

정훈이는 남희가 간 강 앞에서 무너지듯 주저앉은 어머니를 몇 발짝 물러난 곳에서 바라보다 나를 돌아보았다. 누나의 독방을 차지했던 얄미운 어린애는 이제 단단한 눈빛을 한 어른이 되어 있었다.

"우리 어머니 어쩌죠?"

"……네가 더 잘해드려야지."

정훈이는 강으로 시선을 돌렸다.

"이제 진짜로 잘할 거예요. 누나 몫까지……. 정말 다시는 우리 어머니 아프게 안 할 거예요."

나는 솔직하게 대꾸하는 대신 고개를 끄덕였다.

✷

나는 그 뒤로도 많은 사람을 떠나보냈다. 친절한 동료부터 평생 나를 사랑한 부모님까지. 이별은 익숙해질지언정 덜 슬프지 않고, 미완으로 남은 기억은 언제까지나 가슴 한편에서 나를 부른다. 남희와 내 삶이 겹쳤던 부분은 내 삶의 절반에서 3분의 1, 4분의 1로 줄어들었다. 이제는 어느 중학교를 졸업했느냐는 질문을 받아도 더 이상 목이 메지 않고, 온라인 커뮤니티에서 SDT가 미국과 중국의 합작품이라는 음모론을 듣거나 장기 복제에 성공했다는 기사를 읽어도 눈을 감고 호흡을 가다듬지 않는다. 하지만 가끔, 아주 가끔, 나는 고른 숨을 내쉬며 잠든 아이의 손을 잡고 남희를 떠올린다. 외교관이 된 남희, 결혼식을 올리는 남희, 주름진 얼굴로 활짝 웃는 남희를 상상한다. 그리고 그럴 때면 나는 조금은 이기적으로, 하지만 더없이 간절하게, 내가 이 아이에게 처음이 아니기를 기도한다. 이 아이가 언젠가 누군가를 잃어야 한다면, 비명 같은 기억으로 남아 잔상처럼 눈가를 떠도는 사랑에 고통스러워하는 때가 온다면, 그 사람이 내가 아니기를. 내가 누구에게도 처음이 아니길.

미정의 상자

1

그늘이 없었다. 미정은 모자를 가져오지 않은 것을 후회하며 걸었다. 햇볕만 문제가 아니었다. 주위에 사람이 전혀 보이지 않는다거나, 깨진 보도블록에 걸려 넘어지지 않게 조심해야 한다거나, 먼지가 심해 계속 기침이 난다거나, 간신히 작동하던 디지털 손목시계가 멈추었다거나 하는 다른 문제도 있었다. 그러나 가장 큰 문제는 볕이었다. 미정은 쏟아지는 햇볕을 가릴 만한 물건을 찾아 주위를 둘러보았다. 쓸 만한 쓰레기가 없었다. 작고 위험해 보이는 잡동사니들뿐이었다. 하긴, 쓸모가 있을 만한 물건은 다른 사람이 이미 가져갔겠지. 미정이 했을 궁리를 다른 이들이 안 했을 리 없다.

미정은 서울에서 늦게 빠져나온 편이었다. 처음에는 서울을 벗어날 생각을 하지 못했다. 흩어지면 안전하다고 해도, 미정에게는 집에서 나와 갈 곳이 없었다. 미정의 고향은 서울이었다. 게다가 2020년대 초까지만 해도 미정에게는 문을 닫고 머무를 공간이 있었다. 10여 년을 일해 마련한 전셋집이었다. 전세 매물이 거의 없는 서울 시내에서 지하철역과 멀고 버스 노선이 살짝 비껴가는 동네를 돌고 돌아 구한 집이었다.

이 오래된 주택에 전세대출을 끼고 들어가기 전에는 빌트인이라며 장난감처럼 벽에 딱 붙은 냉장고와 드럼 세탁기, 두 사람이 설 수 없는 개수대, 실제로 펼치면 화장실 문 바로 앞에 앉아 써야 하는 '공간 절약형' 탁자가 있는 서울 외곽 오피스텔에 3년을 살았다. 방이 다닥다닥 붙어 거대한 디귿 자를 이루는 실평수 4.5평짜리 공간이었다. 도로 쪽 방은 밖이 보이고 볕이 드는 대신 거리 소음으로 시끄러웠다. 디귿 자의 짧은 획 쪽의 방들은, 공식적으로는 각각 서남향과 동남향, 공인중개사 말로는 안쪽 방이었는데, 어느 쪽에서 봐도 훤히 들여다보이는 대신 조용했다. 5만 원 쌌다. 미정은 5만 원 싼 안쪽 방을 골랐다. 월세는 처음에는 55만 원, 그다음 해에는 60만 원, 그다음 해에는 678,000원이었다. 공인중개사는 다른 집은 70만 원인데 22,000원을 깎은 것이라며 은근히 과시했고, 미정은 그에게 세 가지 맛 과일주스 상자를 선물했다. 과일주스는 15,000원이었다.

그 오피스텔 전에는 졸업한 학교 앞 자취방에 살았다. '빌트인'이 없는 방이었다. 공용 세탁기가 2층에 있었다. 어차피 출퇴근하고 잠만 자는 공간이라 살 만했다. 그때의 미정은 퇴근길에 근처 마트의 마감 할인 도시락과 반찬을 사 냉동실이 없는 냉장고에 넣어두었다가, 아침에 한 번 먹고, 점심 도시락을 싸서 또 한 번 먹었다.

오피스텔은 편했다. 실평수 4.5평이라지만 비슷한 평수인 자취방에 비하자면 있을 건 다 있었다. 화장실과 샤워실이 있었다. 효율적인 설계로 1인 가구에서 쓰는 전자레인지를 놓을 선반까지 지정되어 있었고 전선을 빼낼 자리에는 구멍도 뚫려 있었다. 곳곳에 콘센트가 있어 휴대폰을 보기 위해 벽걸이 에어컨 밑 가장 추운 자리에 딱 붙어 앉아 있지 않아도 되었다.

그 오피스텔에서 나온 것은 유경과 살기 위해서였다. 공간을 최대한 효율적으로 활용한 21세기형 설계는 1인용이었다. 두 사람이 생활할 공간이 없었다. 둘이 딱 붙어 누워 잠만 잘 수는 있었겠지만, 둘이 무언가를 동시에 하기가 불가능했다. 같이 요리를 할 수도, 같이 샤워를 할 수도 없었다. 마주 앉아 식사를 할 수도 없었다. 한 명은 사람이 아니라 화장실 문을 보고 앉고, 다른 한 명은 현관 앞에 보조 의자를 놓고 무릎을 맞대야 했다. 그 공간을 보이지 않는 선으로 다시 나누어, 두 사람이 각자 다른 영역에 있어야 서로 부딪치지 않을 수 있었다. 집 안이 훤히 들여다보이는 '안쪽 방'이라는 것도 신경이 쓰였다. 밤낮으로 블라인드를 내리고 살 수는 없었다. 낭만까지는 말할 것도 없이, 그 공간에서는 동거가 가능하지 않았다.

그마저도 낭만이었을까. 미정은 그때를 떠올리고 고개

를 저었다. 생활 속 거리두기가 가능하지 않은 공간일 뿐이었다. 2019년 말에 큰맘 먹고 생전 만져본 적 없는 고액의 전세대출을 받아 방 두 개짜리 주택으로 들어간 것이 얼마나 다행이었는지. 그 집에 살아 그나마 유경과 더 오래 함께할 수 있었다. 미정과 유경은 그 낡은 주택에서 함께 살았다. 지하철역까지 꽤 먼 거리를 함께 걸었고, 함께 출근을 했다. 같은 직장을 다니는 하우스메이트란 남들에게 말하기도 좋은 관계였다. 누구나 서울 집값 얘기, 월세가 비싸고 좁은 방 얘기를 했다. 남과 살기 쉽지 않은데 용케 잘 지낸다고들 했다. 그런 말을 주고받을 사회생활이 사라진 다음에도, 그 집은 좋은 집이었다. 방이 두 개라 자가 격리가 가능했고, 방마다 창문이 있어 환기도 할 수 있었다. 지하철역이나 버스 정거장이 가깝지 않아 유동 인구도 적어 안전했다.

미정은 유경이 떠난 뒤에도 그 집에 한참 혼자 있었다. 사놓은 음식이 떨어지고, 다른 사람들에 휩쓸려 산 통조림이며 비상식량이 거의 바닥나고, 햇볕에 말려 여러 번 다시 쓴 마지막 마스크가 도저히 더 입을 대고 싶지 않을 만큼 더러워질 때까지 집 안에서 버텼다. 수도가 끊어진 다음에는 북유럽식 정수 물통에 빗물을 받아 마셨다. 유경이 산 물통이었다. 필터 위에 쌓인 부유물을 닦아내며 계속 썼다. 정수 효과가 있을 것 같지는 않았지만 빗물을 그대로 마시는 것보다야 나았다. 이 모든 시도가 끝난 다음에야, 미정은 아껴놓았던 페트병 세 개에 물을 담고 남은 통조림과 비상식량 몇 봉을 챙겨 집 밖으로 나갔다.

거리에는 예상대로 아무도 없었다. 미정은 아무도 없는 길을 계속 걸었다. 이제 살려면 시골로 가야 했다. 다들 시골에 가야 산다고 했었다. 먹을 것이 있고 마실 물이 있다고 했었다. 그 말을 하던 사람들이 다 도시 촌놈이란 걸 알아봤어야 했는데. 미정은 한참을 걸은 다음에야 생각했다. 미정 또한 도시를 벗어나본 적이 없었다. 어디부터가 시골일까? 미정은 일단 남쪽으로 움직였다. 북한과 가까운 경기 북부부터 전염병이 통제 불가능해졌다는 소문을 들었기 때문이다. 그러나 한참을 걸어도 시골은 나오지 않았다. 논밭도 보이지 않았다. 아주 큰 공장, 텅 빈 건물들, 뜨거운 아스팔트, 간혹 만나는 참사의 흔적뿐이었다. 미정은 차가 다니지 않는 8차선 도로의 갓길을 걸었다. 한참을 걷고 또 걸었다. 도로표지판을 만날 때마다 얄팍한 기억 속에서 경기도 지명을 뒤지며 서울 밖으로 나아갔다. 인천을 피하고 성남을 피했다. 그렇게 해서 도착한 곳이 여주였다. 여전히 인적은 없었다. 이 정도면 시골일까. 미정은 손으로 햇볕을 가리고 빛바랜 하나로마트 간판을 보았다. 쓸 만한 것이 도통 보이지 않는다는 점은 서울과 다를 게 없었다. 미정의 집 주변과 비슷했다. 먼지만 더 많이 날렸다. 미정은 통유리창이 있었던 것 같은 상가에 들어가 그늘에 쪼그려 앉았다. 어디 몸을 대기가 조심스러웠다. 마지막 물통을 열어 물을 아주 조금 마시고 주위를 살펴보는데, 반짝, 하는 무언가가 시야에 들어왔다. 빛을 반사할 만큼 반짝거리는 상자였다. 미정은 끙 소리를 내며 일어나 상자가 있는 곳까지 갔다. 두 주먹보다 조금 큰 상자는 아주 깨끗했고, 정육면체인 것 같았다. 미정은 한참을 망설이다 손을 살짝 내밀어 상자를 들어보았다. 너무 무겁지도 가볍지도 않았다. 보이는 대로의 무게라고 할까, 한 손으로 들 수 있을 정도였다. 스테인리스스틸이나 다른 녹이 슬지 않는 금속으로 만들어진 것 같았다. 바래지 않은 은색이 찬란했다. 미정은 뚜껑을 찾아 상자를 이리저리 돌려 보았지만 이음매가 보이지 않았다. 비누인가? 닳지 않는다던 스테인리스스틸 비누 상품을 어디선가 본 기억이 났다. 편샵인지 아이디어스인지 지마켓인지, 여하튼 흐르는 물에 손을 문지르기만 하면 되는, 거품이 나지 않아 친환경적이라는 금속 덩어리를 몇만 원에 파는 곳이 있었다.

미정은 백팩을 열고 상자를 가방에 챙겨 넣었다. 상하지도 부서지지도 않은 입방체는 귀해 보였다. 문명의 잔해가 아니라 문명 같았다.

그날 밤, 미정은 그 건물에서 잤다.

2

“만약 정말로 힘든 상황이 온다면 시계를 되돌리고 싶을 순간이 바로 오늘일 것입니다.”

—2020년 8월 25일 14:21, 권준욱 중앙방역대책본부 부본부장

등이 아프지 않았다. 허리도 쑤시지 않았다. 언제부턴가 사라지지 않던 편두통도 없었다. 미정은 천천히 눈을 떴다. 익숙한 천장이었다. 빛바랜 흰색 벽지와 체리색 몰딩. 철컹거리는 소리가 습한 바람에 실려 들어왔다. 하루에 몇 번씩 동네를 돌던 이웃 어르신이 있었다. 빨간색 부직포 장바구니가 달린 손수레를 보행기 대신 쓰던 분이었다. 그 보행기를 펴는 소리였다.

미정은 눈을 몇 번 더 깜박였다. 그러자 나뭇잎이 바람에 흔들리는 소리가 들렸다. 땅땅, 뭔가를 두드리는 소리가 섞여 들어왔다. 그래. 미정의 집과 버스 정류장 사이에 작은 철물점이 있었다. 가끔 철판 가는 소리, 자재

두드리는 소리가 미정의 집까지 들리곤 했다. 미정은 아주 천천히, 마치 사지를 움직이면 이 꿈에서 깨어날까 겁먹은 듯이 머리를 오른쪽으로 돌렸다. 유경이 질색하던 꽃무늬 포인트 벽지와 콘센트가 보였다. 콘센트에 꽂힌 플러그를 따라 눈알을 천천히 굴렸다. 흰색 전선. 멀티탭. 멀티탭에 들어와 있는 주황색 불빛. 멀티탭에 꽂힌 검은색 휴대폰 충전기. 충전기 케이블. 휴대폰. 미정의 시선이 마침내 베개 옆에 놓인 휴대폰에 닿았다. '14:21 8월 25일 화요일' 손을 천천히 들어 화면을 살짝 눌렀다. 휴대폰의 전방 카메라가 반짝이고 '얼굴이 인식되지 않았습니다'라는 메시지가 떴다. 미정은 화면을 한 번 더 눌러보았다. '14:22 8월 25일 화요일' 반짝. '얼굴이 인식되지 않았습니다.' 미정은 오른손으로 휴대폰을 쥐고 천천히 얼굴 앞으로 들어 올렸다. '14:22 8월 25일 화요일'을 다 읽기 전에 휴대폰 화면 잠금이 풀렸다. '☼27℃ 미세먼지 좋음 서울시 가리봉동'

문자메시지가 와 있었다. 미정은 빨간 배지가 붙은 문자함을 눌렀다. 약정 기간이 끝나기 전에 쓸모를 잃었던 휴대폰을 만지는 것은 오랜만이었다. 작동하는 전자 제품을 보는 것 자체가 오랜만이었다. 유경에게서 문자가 와 있었다.

> 검사 결과 나오면 연락해줘.
> 나는 음성!ㅋㅋ큐ㅠㅠㅠㅠ 식겁했다 진짜.
>
> 오전 9:45

> 아침 10시 전에는 나온다던데 아직이야?
>
> 오전 10:12

> 혹시 양성인 거 아니지?
>
> 오전 10:34

> 우리 회사는 지금까지 검사 결과 나온 사람들은 다 음성이래. 천만다행. 너도 단체 채팅방에 빨리 보고해.
>
> 오전 10:37

미정은 그제야 전화기 모양 옆 빨간 배지를 발견했다. 부재중 전화가 몇 통 와 있었다. 김유경. 최길준 팀장님. 박선아 대리. 미정은 마치 동판에 새겨진 이름을 어루만지듯 부재중 통화 목록을 쓰다듬었다. 손가락에 눌린 이름으로 전화가 걸렸다. 박선아 대리.

“미정 씨! 검사 결과 나왔어요? 미정 씨하고 기철 씨 외엔 전부 음성이에요. 단톡방 아직 못 봤어요?”

오랜만에 듣는 목소리였다.

“저도 음성이에요. 다행이네요.”

오랜만에 소리 내어 말하는 것 같았지만, 미정의 목에서 나오는 목소리는 조금 잠겨 있기는 해도 전혀 거칠지 않았다. 미정의 어제 코로나 진단 검사 결과는 음성이었다. 기철 씨도 음성이었다. 아직 보건소의 문자를 확인하지 않았지만 뚜렷이 기억이 났다. 같은 건물 입주사에 확진자가 발생했고, 건물 미화원 두 분도 확진되었다. 나중에 밝혀진 감염 순서는 미화원 다음에 입주사 사원이었지만, 여하튼 미화원 확진으로 입주사 직원들이 모두 코로나 진단 검사를 받은 것이 8월 24일이었다. 8월 25일과 8월 26일에는 아무도 출근하지 않았다. 아버지 생신을 맞아 주말을 본가에서 보내던 유경은 토요일에 보건소와 회사에서 연락을 받아 일요일에 본가 근처 보건소에서 진단 검사를 받고, 25일 저녁에 아버지의 차를 얻어 타고 이 집으로 돌아왔었다. 유경의 아버지는 딸의 하우스메이트인 미정이 자가 격리 대상이라는 사실을 몰랐다. 유경은 별일 아니라고 부모님을 안심시키느라 고생했다며, 마스크도 자꾸 턱에 걸쳐 쓰고 마스크 겉면을 만진 손으로 이것저것 만지는 부모님을 보니 걱정이었다며 웃었다. 둘은 나이 드신 분들이 지침을 따르지 않아 큰일이라는 말을 하고, 집회 참가자들과 목사들을 욕했다. 판사도 욕했다.

역학조사 결과에 따라 자가 격리 대상자와 자가 격리 권고자가 나뉘었다. 미정은 자가 격리 대상자였고, 유경은 자가 격리 권고자였다. 유경과 미정은 한집에서 공간을 나누어 생활했다. 자가 격리 대상자인 미정이 침대를 차지했다. 유경은 거실에서 잤다. 인터넷에서 본 대로 어디서 비닐을 구해다 침실 문 앞에 붙여놓았다. 욕실은 하나였다. 유경은 락스 스프레이와 걸레를 들고 미정이 화장실을 드나들 때마다 변기며 세면대를 열심히 닦았다. 동네 마트에 마스크를 쓰고 나가 장을 봤고, 요리를 해 미정이 있는 방 앞에 가져다주었다. 유경은 얼굴이라도 보면서 먹자며 비닐 막 앞으로 자기 밥그릇을 가지고 와 바닥에 쪼그려 앉아 밥을 먹었다. 미정은 그러는 유경을 말리지 않았다. 미정도 유경을 보고 싶었다. 같은 집에 있어도 보고 싶었다.

확진자 접촉일로부터 14일간의 자가 격리 기간. 유경은 미정을 끊임없이 걱정했고, 미정도 자신을 걱정했다. 기침만 나도 걱정이었다. 목도 아픈 것 같았다. 미각과 후각 상실이 코로나 증상이라기에 끼니때마다 밥그릇에 코를 대고 킁킁 냄새를 맡았다. 유경은 일부러 카레나 김치볶음밥같이 음식 냄새가 많이 나고 한 손에 들고 먹을 수 있는 요리를 했다. 유경은 화요일, 목요일, 금요일에 출근을 했다. 둘은 사방을 덕트테이프로 단단히 붙인 비닐을 사이에 두고 대표를 욕하고 회사가 언제까지 폐업하지 않고 버틸지 걱정했다.

유경이 결국 어디에서 누구에게서 감염되었는지는 마지막까지 알 수 없었다. 미정은 아니었다. 미정일 가능성은 극히 낮다고 했다. 자책하는 미정에게 주위 사람들과 의료진은 하나같이 말했다. 음성인 사람한테서 감염이 되지는 않아요. 출퇴근길에 감염되었을 수도 있고, 마트

일 수도 있고, 요새는 경로 불명 감염이 하도 많아 조사해도 안 나오면 어쩔 수가 없어요.

그러나 미정은 계속 생각했다. 미정이 자가 격리 대상자가 아니었다면 아마 둘은 번갈아 장을 보았을 것이다. 같은 회사를 다녔으니 미정이 출근할 수 있었다면, 유경의 출근일이 하루라도 줄었을 것이다. 그러면 감염 가능성이 조금이라도 낮아졌을 것이다. 유경은 언제나 미정보다 깔끔했다. 미정의 마스크, 쓰레기, 옷, 손, 몸……. 미정이 유경의 몸에서 사라지지 않은 바이러스의 매개였을 가능성은 있었다. 그랬을 가능성이 극히 낮다는 말은 위로가 되지 않았다. 유경이 확진된 다음에 미정은 자신의 동선을 여러 번 썼다. 써보고 또 써보았다. 하나 생각할 때마다 하나가 더 생각났다. 아무리 애를 써도 다 기억해낼 수가 없었다.

미정은 유경에게 전화를 했다.

"찡! 왜 안 받아? 걱정했어. 음성 나온 거 맞지? 나 여기서 반찬 좀 싸서 한 4시쯤 출발할게. 아빠가 태워다 주신대."

"오지 마."

미정이 말했다. 유경의 당혹감이 휴대폰 너머에서도 느껴졌다. 앞뒤 없이 오지 말라니.

"왜? 설마 양성이야? 아닌데……. 잠깐만, 좀 전에 박 대리님이 너도 음성이라고 올리셨던데."

화면 누르는 소리가 났다. 미정은 다시 말했다.

"오지 말고 거기 있어."

길게 설명할 기운이 없었다. 설명할 말도 찾을 수 없었다. 유경은 찜찜해하며 다시 연락하겠다고 전화를 끊었다.

저녁, 유경이 집에 돌아왔다. 미정은 문을 열지 않았다. 유경은 벨을 몇 번 누르고 문 앞에서 기다렸다가 미정에게 전화를 했다. 2층짜리 단독주택의 2층이었다. 창밖에 서 있는 유경이 아주 잘 보였다. 유경에게도 미정이 아주 잘 보였다. 유경은 미정의 기억보다 젊고, 건강하고, 살아 있었다. 살아서 움직이고 있었다. 유경은 휴대폰을 붙든 채 답답해하고 화를 내고 안절부절못하다가, 나중에는 미안해했다. 유경에게는 아무 잘못이 없었다. 미정에게 이를 설명할 기운이 없을 뿐이었다.

미정은 집 앞 골목에 한참을 서 있던 유경이 떠날 때까지 창밖을 바라보다 잠들었다. 유경은 아마 큰길가로 나가 택시를 타고 본가로 돌아갔으리라. 유경에게는 갈 곳이 있었다. 아마도 여기보다 안전한 곳이.

그다음 날 아침. 미정은 유경이 부르는 소리에 깼다.

"왜 왔어?"

미정의 말에 유경이 황당해하더니, 미정에게 다가와 어깨를 살짝 흔들고 이마에 입을 맞추었다.

"아직 덜 깼어? 어서 일어나. 지금 안 씻으면 출근 전에 아침 못 먹는다."

8월 18일 화요일이었다.

3

미정은 출근하자마자 팀장에게 전면 재택근무를 제안했다. 팀장은 미정에게 교회를 다니느냐고 물었다. 미정은 아니라고 했고, 팀장은 태극기 부대를 한참 욕하더니 그래도 일단 출근은 계속하라고 했다. 우리 회사에 태극기 부대 없어요. 대표님 성향 알잖아. 여기 우리 손소독제도 있고 체온계도 있고, 조심하고 있잖아요. 미정 씨가 걱정이 많네요.

미정은 팀장과 싸웠다. 열세 명이 일하는 작은 회사였다. 언성이 높아졌다. 다른 직원들이 미정과 팀장의 눈치를 봤다. 대표는 출근하지 않았다. 대표는 진작부터 재택근무를 하고 있었다. 영업을 위한 외근이라고 했던가. 미정은 대표가 적자인 회사를 위해 고군분투한다고 생각했었다. 실제로 그랬을지도 모른다. 그러나 미정은 기억하고 있다. 회사는 같은 건물에 있던 다른 고만고만한 회사들과 마찬가지로 고용 유지 지원금과 일자리 지원금으로 근근이 버티다 무급 휴직 동의서를 제출하고, 그 모든 것들이 결국 무너지자 문을 닫았다. 그러나 대표는 미정이 기억하는 마지막까지 병들지 않았다. 그는 미정의 인생에서 회사 폐업과 함께 사라졌다. 물론 그도 어딘가에서 죽었을지도 모른다. 그라고 별수가 있었으랴.

그래도 미정은 화가 났다. 재택근무로 전환하지 않는 대표에게 화가 났고 마스크를 턱까지 내려쓰고 있는 팀장에게 화가 났다.

미정은 화를 냈다. 오늘부터 당장 재택을 해야 한다고 고래고래 소리를 질렀다. 유경이 미정을 붙잡고 달랬다.

"왜 그래, 미정 씨, 왜 이래요. 좀 진정해봐요."

미정은 자신의 양팔을 단단히 붙잡은 유경의 두 손을 보았다. 건강한 손이었다. 건강하고 힘 있는 손. 25킬로그램짜리 케틀벨을 쉽게 들 수 있는 손이었다. 미정은 울음을 터뜨렸다. 유경의 가슴에 얼굴을 파묻고 아이처럼 엉엉 울었다.

"미정 씨, 미정 씨."

유경이 몸을 떼며 난감한 얼굴로 주위를 둘러보았다. 회사 사람들은 낯선 동물을 보듯 유경과 미정에게서 슬금슬금 멀어졌다. 처음에는 맞서 언성을 높이던 팀장까지도 어느새 질린 얼굴로 미정을 보고 있었다.

"미정 씨가 좀 아픈 거 같아요. 사실 아침부터 컨디션이 별로인 거 같긴 했거든요. 제가 지금 병원에 데리고 가볼게요."

유경이 미정을 안아 들다시피 하고 사무실 입구로 걸어갔다.

"그래, 그래요. 사람이 그럴 때 있지."

카운터의 강 주임이 서둘러 일어나 길을 틔우고 자동문을 열어주었다. 유경이 팀장에게 미정과 유경 둘 다 반차를 쓰겠다고 말하고 사과하는 소리가 들렸다.

"계단! 엘리베이터 말고 계단!"

미정은 닿은 몸이 떨어지면 죽을 것처럼 유경에게 매달린 채, 엘리베이터 버튼을 누르려는 유경의 손을 온몸으로 막았다.

"응, 알았어. 계단으로 갈게. 괜찮아, 쩡아. 괜찮아."

유경은 물귀신에게 끌려가듯 미정에게 붙잡힌 상태로도 용케 계단으로 향하는 문을 열었다. 회사는 9층에 있었다. 미정은 계속 울었다. 온몸의 물을, 피까지 쏟아낼 듯이 울었다. 유경은 미정의 허리와 어깨를 감싸안고 천천히 계단을 내려갔다. 미정은 1층에 다 가서야 진정했다. 얼룩이 지고 어깨선이 늘어나버린 유경의 옷을 보며 뒤늦게 미안해했다. 유경은 괜찮다고 말하고, 미정이 눈물 콧물로 범벅이 된 얼굴을 화장실에서 씻는 사이 3층 약국으로 뛰어 올라가 새 마스크를 사 왔다. 미정은 얌전히 마스크를 쓰고 얌전히 지하철을 탔다. 낯익은 골목을 유경과 함께 걸었다. 마스크를 턱에 걸쳐 쓴 사람들을 스쳐 지나면서도, 전봇대 옆에서 담배를 피우다 침을 뱉는 아저씨를 보고도 미정은 피하지 않았다. 오늘은, 이곳은 안전한 날이었다. 저녁으로는 유경이 좋아하는 돈가스를 시켜 먹었다.

"내일 팀장님께 사과드려."

유경이 미정 옆에 누우며 말했다.

"응. 그래야지."

"강 주임님한테도 고맙다고 말씀드리고. 퇴근으로 처리해주셨고, 아까 나한테 너 괜찮으냐고 따로 메시지도 주셨어."

"아, 그렇구나. 감사하네. 알았어."

유경은 순순히 대답하는 미정을 조금 불안한 눈으로 바라보았다. 미정은 유경의 왼손에 들린 휴대폰을 슬그머니 끄집어내 침대 옆 협탁에 올린 다음, 유경의 왼팔을 들어 제 가슴 위에 올렸다.

"그냥 안아달라고 말을 하지."

유경이 팔을 미정의 가슴에 올린 채 웃었다. 유경이 웃는 대로 유경의 팔이 진동했다. 미정의 몸도 같이 떨렸다.

"안아줘."

4

8월 11일은 방송대 수강 신청 기간이었다. 유경은 이 마지막 수강 신청 기간을 놓쳤었다. 미정은 아침을 먹으며, 유경에게 잊지 말고 오늘 중에 방송대 수강 신청을 하라고 했다.

"아 맞다, 와, 나 또 완전 깜박했었어. 내 학사 일정을 네가 더 잘 안다?"

유경이 신기하다는 듯이 말했다. 미정은 그저 웃었다.

"그런데 올해 출석 수업을 하기나 할까? 지난 학기는

몇 번 날짜 바뀌다 결국 대체 과제물 내라고 했거든."

"이번 가을에는 방송대도 온라인으로 수업할 거야."

"하긴, 다른 대학들도 다 2학기는 아예 온라인으로 한다니까."

유경은 미정의 말에 고개를 끄덕였다.

8월 4일은 미정의 여름휴가였다. 둘은 휴가를 겹쳐 쓰지 못했다. 크지 않은 회사에서 맡은 일이 겹치는 두 사람이 동시에 휴가를 내기는 어려웠다. 유경의 휴가는 지난주, 7월 29일부터 31일이었고 미정의 휴가는 8월 3일부터 8월 5일이었다. 둘은 국내 여행이라도 할까 망설이다가 결국 집에서 시간을 보냈었다.

"나가자."

미정은 유경에게 당일치기로 여행을 가자고 했다. 유경은 망설였다.

"본가에서 미리 차를 빌려 왔으면 몰라도 이렇게 갑자기 버스 타고 어디 가기는 좀 그래. 사람들도 얼마나 있을지 얼마나 깨끗할지도 모르는데. 그래서 안전하게 집에 있기로 했잖아."

집이 안전하기는 했다. 앞으로도 집은 안전하긴 할 터였다. 그래도 미정은 고집을 부렸다. 어디라도 가자고 했다. 인천이라도, 강화도라도. 강릉이니 해운대니 하는 유명 관광지가 아니라도 좋으니 나가자고 했다. 둘은 결국 휴가는 집에서 보내고 금요일부터 일요일까지 2박 3일 호캉스를 가기로 했다. 8월 7일 체크인, 8월 9일 체크아웃. 미정은 인천에 있는 호텔을 예약했다. 5성급 호텔은 하룻밤에 세금 포함 30만 원이었다.

"와, 엄청 비싸다. 요새 호텔은 저렴할 줄 알았는데."

유경이 미정의 노트북 화면을 보며 말했다.

"너무 비싼데?"

"괜찮아."

미정이 말했다.

"괜찮기는, 이거 이틀 자는 데 돈이 얼마야. 집에 있으니까 답답해서 그래?"

유경이 미정을 달래듯 물었다. 아무래도 돈이 아깝다는 표정이었다.

"막상 가면 좋을 거야."

미정은 단호히 말하며 예약 버튼을 누르고 자기 신용카드로 결제를 했다. 유경이 반을 내겠다고 해서 실랑이를 했다. 유경은 끝내 미정의 계좌에 숙박비의 절반을 이체했다.

7월 28일, 미정은 인천에 있는 5성급 호텔을 예약했다. 두 사람의 휴가 사이에 있는 주말, 7월 31일 체크인, 8월 2일 체크아웃 일정이었다. 하룻밤에 세금 포함 30만 원이었다. 미정은 결제까지 마친 후, 예약 확인증을 유경에게 카톡으로 보냈다. 유경이 파티션 건너편에서 상체를 바로 세우고 눈을 크게 뜨더니, 미정에게 입 모양으로 말했다.

'이거 뭐야?'

미정은 눈을 모니터에 둔 채 얼른 휴대폰 자판을 눌렀다.

우리 이번 여름휴가는
주말에 여기서 호캉스 하자.

오후 04:28

이미 정했음. 땅땅땅!

오후 04:29

유경이 웃는 소리가 들렸던 것도 같다.

5월 12일. 미정은 유경에게 이번 주말에 미용실에 가겠다고 했다.

"나 이번에 확 짧게 잘라볼까 봐. 더 더워지기 전에."

"얼마나 짧게?"

"한 여기까지?"

미정이 귀밑으로 반 뼘쯤 되는 자리를 가리켰다.

"거기 거지존이잖아."

유경이 어이없어했다.

"너 작년에 마음대로 커트하더니 나한테 머리 빨리 안 자란다고 이거 진짜 거지존이라고 진짜 만날 불평했던 거 그새 까먹었어? 그때 내가 제발 불평 좀 그만하라고 다 밀든가 자르든가 하라고 했잖아."

작년 여름. 듣고 보니 계절마다 어떤 머리 모양이 어울릴지 유경에게 매번 물어보던 시절에, 어느 아득한 지난 여름에 그런 적이 있었다. 미정은 과감하게 쇼트커트를 한 다음, 쇼트커트는 빨리 마르는 것 말고는 좋은 점이 하나도 없다고 가을 내내 투덜거렸었다. 처음에는 '그러게, 안 어울릴 거란 내 말을 듣지', '금방 자랄 거야', '생각한다고 빨리 자라냐' 하고 대답해주던 유경은 결국 진심으로 짜증을 냈고, 미정은 그다음부터 불평 않고 머리를 다시 길렀었다.

"그랬네. 그냥 이만큼만 잘라야겠다."

미정은 손을 겨드랑이께로 쑥 내렸다. 미정은 유경이 '뭐야, 너 왜 이렇게 말을 잘 들어?'라고 말하리라고 생각했다.

"응, 그 정도가 잘 어울려. 묶어 올리면 딱 시원할 테고."

유경은 이렇게만 말했다.

4월 28일. 미정은 오후 반차를 쓰고 미용실에 갔다. 머리카락을 어깨 아래, 겨드랑이 위치 정도로 자르고 숱을 쳤다. 미용실은 한산했다.

"미용실 간다더니 커트하러 간 거였어? 시원해 보이고 잘 어울린다."

"그렇지? 잘 어울리지? 이 머리가 나한테 딱이지?"

미정은 유경 앞에서 한 바퀴 빙그르 돌았다. 막 다듬고 드라이어로 컬을 넣은 머리카락이 가볍게 붕 떴다 가라앉았다.

"응. 사랑스러워."

유경이 진지하게 대답했다.

4월 21일, 미정과 유경은 생활지원금 카드로 케이크를 샀다. 미정은 3호 케이크를 사자고 했다.

"다 못 먹을지도 모르는데 1호로 사자."

"싫어. 큰 거 살 거야."

미정은 하트 모양 초도 사자고 했다. 유경은 다 포기했다는 듯 고개를 저었다.

"그래, 너 사고 싶은 거 다 사라. 나라가 만들어준 부자야."

케이크는 아주 달았다. 그리고 낯설었다. 기술과 품이 들어간 맛이었다. 미정은 케이크를 아주 오랜만에, 정말 아주 오랜만에 먹는다는 사실을 깨달았다. 미정은 그날 밤, 3호 케이크의 절반을 혼자 다 먹었다. 허겁지겁 먹었다.

4월 14일. 미정은 예쁘게 포장된 초콜릿과 마카롱을 사서 유경에게 선물했다.

"우리 다음 주인데?"

"다음 주에는 케이크 놓고 제대로 축하하고, 이건 예고편?"

미정은 유경이 권하는 대로 마카롱을 한 개 먹었다. 초콜릿은 사양했다.

2019년 12월 24일. 미정과 유경은 함께 크리스마스이브 만찬을 차렸다. 미정은 샴페인을 샀다. 유경은 스테이크를 굽고 특제 소스를 곁들였다. 높은 유리컵에 생화

꽃다발을 꽂고 창가에 작은 포인세티아 화분을 놓았다. 미정과 유경은 식사를 하고 술을 마셨다. 미정은 주방을 정리하려고 일어서는 유경을 붙잡았다.

"내일 하자."

"음식물 쓰레기라도 치우고, 설거지는 내일 하더라도 그릇은 치워야지."

미정은 다시 유경을 붙잡았다.

"내일 하자. 내일 해도 돼."

2019년 11월 19일. 눈을 뜨니 옆에 아무도 없었다. 미정은 잠깐 눈을 꽉 감았다. 잠시 후, 유경이 이사 직후 부모님을 모시고 교토로 단풍 여행을 다녀왔던 기억이 천천히 떠올랐다. 미정은 방 안을 둘러보았다. 세간에는 아직 사람의 손이 닿은 흔적이 거의 없었지만, 미정의 옆에는 베개가 하나 더 놓여 있었다. 미정은 그날 연차를 쓰고 집 정리를 했다. 유경이 돌아오면 미정의 손길이 구석구석 닿은 깨끗한 집을 볼 수 있기를 바라며.

2019년 11월 12일. 미정은 이삿짐 정리를 했다.

2019년 11월 5일. 미정은 이삿짐 정리를 했다.

2019년 10월 29일. 미정은 새하얀 오피스텔 천장을 보며 눈을 떴다. 좁은 원룸 여기저기에 잡동사니를 담은 커다란 상자들이 놓여 있었다. 상자 사이를 피해 다니려니 짜증이 났다. 미정은 인덕션을 보면서 양치질을 하고, 아침을 먹지 않고 출근을 했다. 출근하니 회사에는 유경이 있었다. 미정은 이삿짐 정리를 포기하고, 퇴근 후에 유경과 실컷 놀았다. 오랜만에 자정 넘어서까지 술을 마시고 춤을 췄다.

5

2019년 4월 23일 아침 7시. 미정은 이제 익숙해진 오피스텔 천장을 응시하다 유경에게 전화를 걸었다.

"여보세요."

"김유경 씨. 저 미정이에요."

"아, 네, 미정 씨. 우리 조금 있다가 회사에서 볼 텐데."

유경이 불안한 듯 애매하게 말끝을 흐렸다.

"그냥, 그냥 전화했어요."

미정이 말했다. 원래 하려던 말이 있었지만, 아무래도 도저히 할 수 없었다.

"그래요."

둘 사이에 애매한 침묵이 머물렀다가, 사라졌다.

2019년 4월 16일. 미정은 유경에게 고백을 했다. 유경은 미정의 고백을 받아주었다.

"사실 제가 먼저 말하려고 했었어요. 안 될까 봐……. 엄청 긴장하면서 계획도 막 세워놨었는데."

"일요일에 하려고 했죠?"

"어떻게 알았어요?"

"저도 이번 주말에 말할까 했었거든요. 그런데 기다릴 수가 없었어요."

2019년 3월 5일. 박선아 대리에게 말했다.

"대리님, 권희자 씨 후임으로 어제 면접 보고 내정하신 분 있잖아요."

"아, 네. 그, 김유경 씨요?"

"제가 좀 생각해봤는데, 사실 저는 다른 분이 나을 거 같아요. 어제 면접에서는 대리님도 워낙에 마음에 든다고 하시고, 대표님도 괜찮다 하시니까 저도 그냥 좋다고 했는데, 사실 같이 일하기에 별로 편할 거 같은 분은 아니었어요. 제가 인사권자도 아니고 하니까……. 어제는 말 못 했는데 사실 좀 그래요. 오늘 이런 말씀 드려서 너무 죄송하지만 아직 합격자 통보 안 하셨으면 다시 한번 검토해봐 주실 수 있을까요?"

박 대리가 미간을 찌푸렸다.

"아직 합격자 통보를 안 하긴 했지만 어제 면접까지 다 봐놓고 대표님도 결정하신 일을 다시 얘기하는 건 좀 그렇죠."

미정은 몇 달 전에, 혹은 몇 년 후에, 미정의 손을 잡지 못하던 유경을 떠올렸다. 미정과 함께 먹을 식사를 준비하러, 미정이 집 안에서 쉬는 사이 일을 하러 밖에 나가던 유경을 떠올렸다. 다짜고짜 잠긴 문 아래에서 한참을 서 있던 유경, 울음을 터뜨리고 소리를 지르는 미정을 끌어안고 토닥이던 유경, 미정의 마스크를 사러 계단을 한 번에 두세 칸씩 뛰어오르던 유경, 이런 사치가 웬일이냐며 커다란 호텔 침대에 가로로 누워 베개 두 개를 끌어안고 뒹굴던 유경, 빙그르르 도는 미정을 사랑스러워하던 유경, 함께 샴페인 잔을 기울이던 유경, 신기할 만치 수납을 잘하던 유경, 잘 관리한 스테이크 전용 프라이팬을 자랑하던 유경, 이태원에서 몸을 맞대고 춤을 추던 유경, 돈가스를 좋아하던 유경, 본가에서 챙겨 온 반찬을 오피스텔의 작은 냉장고에 차곡차곡 넣어주던 유경, 좁은 공간에서 엉덩이며 어깨가 부딪치면 민망해하면서도 한 번 더 톡, 치던 유경을 떠올렸다. 그 모든 유경들을 떠올렸다.

“그래도 계속 같이 일할 사람은 저니까, 아무래도 안 맞을 것 같아서 그래요. 그리고 그 김유경 씨는 말씀은 잘하시지만 솔직히 스펙이나 이런 거 봤을 때 실제로 일해보고 나면 오래 안 다닐까 봐 걱정도 되고요. 우리 회사는 옆 사람 일도 좀 거들고 하면서 일해야 하는데, 그분은 자기가 맡은 일은 잘해도 그 이상은 안 할 것 같아요."

"음, 좀 확실히 너무 딱 자기 성격 있어 보이긴 했죠. 알았어요. 아직 발표 전이니까 대표님한테 말씀드려볼게요."

"감사합니다."

"미정 씨, 지금 조금 선 넘은 거 알죠? 미정 씨랑 공동 업무 할 게 많은 자리라 넘어가는 거예요."

"네, 알고 있어요. 감사합니다."

미정이 제자리로 돌아가 앉자, 건너편에서 희자 씨가 목소리를 죽여 물었다.

"어제 뽑기로 했던 신입 얘기 한 거지? 그렇게 마음에 안 들었어? 어제는 괜찮다더니."

"그냥 조금요. 누가 와도 아쉬울 거예요."

미정이 희자를 보고 웃었다.

"미정 씨도 참, 말 예쁘게 해주니 고맙네."

3월 15일 자로 퇴사하기로 한 희자 씨가 기분 좋게 마주 답하며 무심코 배를 쓰다듬었다. 미정은 내일은 어디에도, 언제에도 존재하고 싶지 않다고 생각하다, 결심하고, 컴퓨터를 켰다.

수진

1

미정의 삶에는 수진이 여섯 명 있었다.

첫 번째 수진은 미정의 언니였다. 미정보다 다섯 살 위였고 아버지가 달랐다. 두 번째 수진은 초등학교 동기였다. 2학년과 5학년 때 같은 반이었다. 언니와 이름이 같은 사람이 신기하고 반가울 나이라서 꽤 친하게 지냈다.

세 번째 수진은 첫사랑이었다. 미정은 단과대가 다른 세 번째 수진과 만날 기회를 찾아 봉사활동 동아리에 들어갔다. 그 대학 연합 봉사활동 동아리는 수상한 선교 단체였다. 미정은 한 학기 내내 한 달에 한 번 도시락 배달, 한 달에 두 번 성경 공부 모임, 일주일에 한 번 묵상 시간이라는 QT에 가서 세 번째 수진을 만났다. 도시락 배달은 할 만했지만 성경 공부 모임은 지루했고, 귀한 점심시간을 쪼개 참석한 QT는 아무리 세 번째 수진을 보기 위해서라고 해도 약간 정신 나간 짓 같았다. 세 번째 수진은 몇 달이 가도 미정의 구애를 전혀 눈치채지 못했고, 미정은 전화번호를 바꿨다. 새 번호에 새 메신저를 설치하고, 처량한 이별 노래를 프로필 음악으로 설정했다.

동아리에서 만난 사람들이 미정에게 왜 요새는 안 보이냐고, 동아리에 나오라고 연락해왔다. 부회장은 동아리원들이 다 같이 모여 도시락 반찬을 만드는 사진이나 둘러앉아 QT를 하는 사진을 보냈다. 미정은 수십 명이 빼곡히 모여 선 사진 속에서 세 번째 수진을 금방 찾았다. 미정이 사진만 받고 답을 하지 않자, 동아리 활동은 보람차고 즐겁고 우리는 영적으로 충만한 공동체라는 메시지가 왔다. 고민은 함께 나누어야 하고 기도에서 답을 찾을 수 있고 남자는 다 쓸데없고 신앙만이 참된 길이라는 긴 메시지도 왔다. 미정은 결국 몇몇 열성적인 동아리원의 번호를 차단했다. 미정은 세 번째 수진의 번호를 차마 차단하지 못했지만, 세 번째 수진은 미정에게 연락하지 않았다. 미정은 혼자 실연하고 혼자 울었다.

2

네 번째 수진은 미정의 하우스메이트였다. 사회생활 6년 차에, 미정은 친구와 스물일곱 평짜리 빌라에 전세로 들어갔다. 네 번째 수진은 원래 미정의 친구의 지인이었는데, 월세를 아끼고 집다운 집을 구해 살고 싶다는 뜻이 맞았다. 부엌, 거실, 방 두 개, 베란다. 미정이 3000만 원, 네 번째 수진이 4000만 원, 미정의 친구가 1000만 원씩 내 보증금을 마련했다. 월세와 관리비는 세 사람이 15만 원씩 냈다. 네 번째 수진이 붙박이장이 달린 가장 큰 방, 미정이 작은방을 썼다. 미정의 친구는 거실에 옷걸이와 벙커 책상 침대를 놓았다. 같이 살고 보니, 밖에서 몇 달에 한 번 만날 때는 멀쩡했던 친구는 남의 물건을 쉽게 가져다 쓰는 사람이었다. 미정이 사다 놓은 간식이나 반찬이 종종 없어졌다. 미정이 작은방 문 뒤에 걸어놓은 겉옷을 입고 나가기도 했다. 미정이 사놓은 새 케이크를 말없이 3분의 1 정도 먹어버린 적도 있었다. 친구는 매번 사과했다. 미정은 친구가 사과한 날마다, 작은방 문을 잠그고 침대에 누워 지금 벌이로 구할 수 있는 공간을 휴대폰으로 검색했다. 그러면 친구를 용서할 수 있었다.

네 번째 수진은 자기 방에서 거의 나오지 않았고, 항상 문을 잠그고 다녔다. 친구는 네 번째 수진이 프리랜서라고 했다. 네 번째 수진은 세탁기 먼지 망을 잘 치웠고 설거지도 잘했고 미정의 물건에 손을 대지도 않았다. 미정과 네 번째 수진은 가끔 마주치면 요새 잘 지내시냐는 무해하고 무익한 말을 주고받았다. 네 번째 수진은 좋은 하우스메이트였다. 미정의 친구는 그다지 좋은 하우스메이트가 아니었다.

전세 계약 기간 만료가 다가오자, 네 번째 수진은 미정의 친구는 빼고 둘이 5000만 원씩 내고 같이 살자는 제안을 했다. 미정은 솔직히 그러고 싶었다. 그렇지만 이 전세 매물을 구해 온 것도 네 번째 수진을 데려온 것도 친구였기에 우물쭈물했다.

미정이 망설이는 사이, 집주인이 전세금을 1억 2000만 원으로 올렸다. 미정은 전세 자금 대출을 받아 6000만 원을 만들었다. 네 번째 수진도 6000만 원까지는 낼 수 있다고 했다. 미정의 친구에게는 돈이 없었다. 네 번째 수진이 펑펑 우는 친구를 데리고 나갔다. 무슨 이야기가 오갔는지 몰라도, 며칠 뒤 미정의 친구는 짐을 싸 집을 나갔다. 벙커 침대는 두고 갈 테니 팔든 쓰든 마음대로 하라고 했다. 사진을 찍어 인터넷에 올렸더니 17만 원에 사겠다는 사람이 있었다. 구매자는 빌라에 와 침대를 실어 가는 값이 든다며 에누리를 해달라고 했다. 미정은 벙커 침대를 15만 원에 팔았다. 친구에게 침대 판 값을 주겠다고 연락하면서, 친구의 번호가 바뀌었다는 사실을 알았다. 어쩌면 미정이 차단당한 것일지도 몰랐다. 미정과 네 번째 수진은 각각 6000만 원을 내고 한집에 계속 같이 살았다. 미정은 그 친구를 다시 만나지 않았다.

3

네 번째 수진은 다섯 번째 수진의 원본이었다.

미정은 꽤 오랫동안, 수진이 두 명인 줄 몰랐다. 네 번째 수진과 다섯 번째 수진이 숨긴 것은 아니었다. 미정은 두 수진에게 그다지 관심이 없었다. 두 수진은 같은 옷을 입었고 습관도 비슷했다. 무엇보다도 생김새가 똑같았다. 활동 시간만 달랐다. 미정이 늦게 출근하거나 오전 반차를 낸 날 집 안에서 마주치는 수진은 네 번째 수진이었고, 밤늦게 귀가하는 날 만난 수진은 다섯 번째 수진이었다.

같이 산 지 3년 반 정도 지났을 때였나, 미정이 새벽 1시가 다 되어 귀가한 날이었다. 집에 들어갔는데 수진이 두 명 있었다. 미정은 눈을 비볐다. 회식에서 술을 마시기는 했지만 헛것이 보일 만큼 취하지는 않았다. 두 수진이 미정을 보며 태연히 인사했다.

"아, 오셨어요? 늦게까지 고생이 많으시네요."

한 수진이 말했다(네 번째 수진이었다).

"제가 오늘 식사가 늦어서……. 신경 쓰지 말고 들어가 쉬세요."

다른 수진이 말했다(다섯 번째 수진이었다).

미정은 기겁하지도 소리를 지르지도 도로 뛰쳐나가지도 않았다.

"어, 쌍둥이셨어요?"

미정은 상식적인 사람이었다.

"아뇨. 제 쪽이 카피. 모르셨어요?"

다섯 번째 수진이 말했다.

"몰랐어요."

미정이 미안해했다.

"뭐, 모르실 수도 있죠. 저희가 자주 본 사이도 아니고. 괜찮아요."

네 번째 수진이 말했다.

미정은 욕실에 들어가 샤워를 했다. 머리를 말리고 나와 보니 두 수진은 사라지고 없었다. 큰방 문틈으로 불빛이 새어 나왔지만, 별다른 소리는 들리지 않았다. 미정은 자기 방에 들어가 잤다.

4

미정이 다니던 성형외과가 폐원했다. 미정은 다음 직장을 찾았다. 구인 구직 사이트에 이력서를 올리고 마케팅, 홍보, 상담, 의원, 병원 등의 키워드로 알림 설정을 했다. 푸시 알람은 자주 왔지만, 자격증이 없는 상담 코디네이터였던 미정이 취업할 수 있는 자리는 많지 않았다. 미정의 이력서를 보고 전화했다는 사람들은 다 어딘가가 수상했다. 일단 출근해보라고 하거나 단기 아르바이트를 뛸 생각이 있냐는 전화만 자꾸 왔다. 이제 서른을 넘긴 미정은 이런 전화에 쉬이 속지 않았다. 구직 급여를 받는 동안 제대로 된 직장을 찾아 이직해야 했다.

머리로는 알아도 집에 있는 기간이 길어지자 점점 초조해졌다. 잠만 잘 때는 좁지 않았던 작은방은 생활을 하기엔 작은 공간이었다. 미정은 점점 더 자주 거실에 나왔다. 거실에는 예전 세입자가 놓고 간 탁자, 한때 친구였던 사람이 놓고 간 빈백이 있었다. 미정은 빈백에 멍하니 앉아 인터넷 방송을 보았다. 끊었던 담배를 다시 피우기 시작했다. 하루가 길었다.

5

네 번째 수진이 미정에게 일자리를 제안한 것은, 구직급여 수령이 끝나는 달이었다.

"요즈음 출근을 안 하시는 것 같아요?"

방문을 열고 나오던 수진이 빈백에 늘어져 있던 미정에게 말을 걸었다.

"아, 저 구직 중이에요."

미정은 짧게 답했다.

"아, 네."

네 번째 수진이 어색하게 말꼬리를 흐리며 부엌에 들어가 커피를 탔다.

"전에는 회사 다니셨던가요?"

네 번째 수진이 커피 잔을 들고 방에 들어가려다 말고

미정을 보며 물었다.

"네, 뭐. 회사……. 병원에서 코디네이터 했어요."

생판 남도 다 볼 수 있게 이력서를 올리는 처지였다. 미정은 잠시 고민하다 덧붙였다.

"왜, 인터넷에서 검색해보고 성형 상담하고 싶어 하시거나 문의 글 올리시는 분들 계시잖아요. 그런 분들한테 전화나 문자로 답해드리고, 사진이나 주신 자료 보고 견적 내드리고, 성형 카페나 커뮤니티에 바이럴 살짝 하고 후기 할인 독려하고……. 주변에 이런 마케터 구하는 분이 혹시 계실까요?"

"정리하면, 고객 문의에 1차로 상담하고 홍보하는 일을 하신 거죠? 견적은 어떻게 내요? 직접 계산하시는 거예요?"

"아뇨, 그건 환자분이 병원에 오시면 원장님이나 총괄실장님이 직접 상담하면서 결정하시고, 사실 저는 잘 몰라요. 환자분마다 받는 시술도 다 다르고 하니까요. 저는 말씀처럼 홍보, 마케터라서 일단 병원에 오시게 하는 역할이었어요. 상담 요청이 오면 바로바로 받아서 카테

고리 분류를 해요. 복부 지방, 팔뚝 지방, 이런 식으로요. 키랑 몸무게랑 나이 같은 자료 받으면서 말씀 잘 드려 얼른 내원 예약 잡아드리는 거죠. 알아보시는 분들은 여기저기 동시에 물어보신 경우가 많아 수익 나려면 빨리 답해드리는 게 중요하거든요. 그리고 비용 부담 느끼시는 분들도 계시기 때문에 그런 느낌 들면 이벤트 참가하시면 할인되신다, 모델 할인 이벤트라고 시술 전후 비교 사진 같은 거 촬영에 응해주시면 할인해드리거든요. 이런 거 꼼꼼하게 안내해드리고 안심시켜드리고……. 꼭 성형 쪽 아니라도 이런 마케팅은 다 비슷해서, 잘할 수 있어요. 성형외과 전에는 한의원에서도 비슷한 일 했었어요."

"아, 그렇군요. 분야가 달라도 비슷한 경력인 거죠?"

"네."

네 번째 수진이 조금 더 고민하더니 말했다.

"마침 저희 회사에 딱 그런 사람이 필요하긴 해요. 아예 담당자가 없었거든요. 미정 씨 이력서 한 부 받을 수 있을까요?"

"그럼요. 잠깐만요."

미정은 얼른 방에 들어가 이력서를 가지고 나왔다. 표지까지 깔끔하게 붙이고 스테이플러 심 위로 테이프를 단정히 붙인 면접 지참용 이력서였다.

네 번째 수진은 미정의 이력서를 받아 들고 자기 방으로 들어갔다.

6

며칠 뒤, 수진이 미정의 방문을 두드렸다.

"미정 씨, 안에 계세요?"

미정은 취업 사이트를 새로 고침 하다 말고 문을 열었다.

"네?"

"아직 취업 안 하신 거죠?"

"아, 네. 구직 중이에요."

"그럼 저희 회사 면접 한번 보실래요?"

미정은 그 수진을 끌어안을 뻔했다.

"그럼요! 어디로 언제 가면 되나요?"

"아, 따로 면접 보러 나가실 필요는 없고요, 원래 하시던 대로 뭐 하나 팔아봐 주시겠어요? 수습 기간처럼 일단 시스템에 접속해주시고, 한 대 파시면 바로 정직원 계약하는 걸로."

7

미정은 수습 기간에 클론을 한 대도 아니고 두 대나 팔았다.

해보니 일의 내용은 이전과 거의 똑같았다. 미정이 지금까지 해온 일이었다. 해야 하는 말도 지켜야 하는 톤앤매너도 비슷했다. 미정은 메신저나 채팅으로 문의를 넣은 고객들을 성별, 연령, 지역, 중량대로 재빨리 분류하고 서둘러 회사 내방 상담 일정을 잡았다.

절박했기 때문인지 온라인 마케터 경력이 긴 덕분인지, 미정은 클론을 아주 잘 팔았다. 남들도 다 클론 하나쯤은 붙박이장에 넣어놓고 산다며 조심성 많은 고객들을 안심시켰다. 비용을 걱정하는 고객들에게 후기 할인 이벤트를 안내하고, 처음 살 때는 돈이 좀 들어도 생애 총소득은 높아지니 할 만한 투자라고 설득했다. 무리하진 않았다. 무리해서 영업하면 살 사람도 안 산다. 미정은 내방 상담 성사 건당 15만 원, 최종 계약 성사 건당 3퍼센트의 수수료를 받았다. 수수료 수입이 쏠쏠했다. 성형외과처럼 클론 회사도 업무 시간 외 문의가 많았다. 출근길, 퇴근길, 점심 식사 후, 늦은 밤. 미정은 하루에 예닐곱 건을 처리했다. 성형외과를 다닐 때보다 훨씬 적게 일했는데도, 회사는 미정이 일을 잘한다며 좋아했다.

8

세 번째 수진이 상담 문의를 했다. 미정은 세 번째 수진을 다시 만나도 알아보지 못하리라고 생각했었다. 그러나 얼굴을 본 것도 아니고 메신저로 온 문의 글만 읽었는데도, 미정은 '♡임하리니'가 십수 년 전 미정의 마음을 스쳐 갔던 세 번째 수진이라는 사실을 바로 깨달았다. 세 번째 수진은 경기도 여주에 살고 있었다. 비용은 큰 문제가 아니라고 했다. 세 번째 수진은 클론을 집 안에 숨길 수 있을지 걱정하고 있었다. 성형 티가 언제까지 얼마나 날지 걱정하던 고객들과 비슷했다. 성형외과에서 일할 적에, 미정은 너무 티 나면 어떡하냐는 상담에 이렇게 답하곤 했다.

—요새는 시술 자체가 확 바꾸기보다는 있는 몸을 살짝 손보는 거라 자주 보는 사람들도 잘 몰라요. 주변에서 유심히 보지도 않고요. 저도 스물여덟 살 때 쌍꺼풀 수술했는데 친언니도 못 알아보더라고요. 다 그런 거예요. 자기나 자기 몸에 신경을 쓰니까 알지, 남들은 몰라요. 그러니까 저도 이걸 엄청 권하는 건 아닌데, 고객님들이 정말 다 만족하시거든요. 남들은 몰랐구나, 하고 시술한 다음에 마음도 더 편해지고 건강해지시고요. 그러니 내가 만족할 것 같으면 그냥 하는 게 좋아요.

미정은 세 번째 수진에게 설명했다.

—클론이란 게 나하고 똑같은 몸을 하나 더 만드는

거라 자주 보는 사람들도 잘 몰라요. 주변에서 나를 유심히 보지도 않고요. 저도 클론 있는 분이랑 한집에 살았는데 4년을 살아도 몰랐어요. 다 그런 거예요. 그러니까 저도 이걸 엄청 권하는 건 아닌데, 고객님들이 정말 다 만족하시더라고요. 클론이 생긴 다음에는 마음도 더 편하다고 하시고, 건강해졌다고 하시고. 제가 여기 취업하기 전에는 사실 성형외과에서 일했거든요. 그런데 진짜 성형외과보다 여기가 고객님들도 더 만족하시고 다들 좋다고 말씀해주셔서, 제가 이렇게 권하면서도 마음이 편해요.

미정은 쌍꺼풀 수술을 하지 않았다. 미정은 대학교 3학년 때 인터넷에서 본 희망찬 후기에 힘을 얻어 가족에게 커밍아웃을 했다가 완전히 망했고, 이후 지금까지 언니를 다시 만나지 못했다. 언니의 연락처도 몰랐다. 미정은 커밍아웃한 다음부터 1년에 두 번, 설과 추석에 어머니에게 안부 전화를 했다. 어머니는 늘 건강하고 다 잘 지내고 있으며, 언니가 보수적인 사람이라 좀 불편해하니 동생인 네가 이해하라고 했다.

클론을 파는 일은 지방 흡입이나 쌍꺼풀 수술을 파는 것보다 훨씬 쉬웠다. 미정은 두 수진과 한 지붕 밑에 살며 같은 욕실과 부엌을 썼다.

―남편도 모를까요?

한참을 '작성 중'이던 세 번째 수진의 메시지가 떴다. 미정은 놀랄 일이 아니라고 생각하면서도, 조금 충격을 받았다. 첫사랑이란 그런 법이다.

―장담은 못 해드리지만, 저 같으면 솔직히 모를 것 같아요. 가족이고 부부라고 서로 잘 아는 것도 아니고. 고객님들 중에 결혼하신 분들도 많으세요. 특히 여성분들이 많이 찾으시는데 이유는 고객님께서 더 잘 아실 거예요. 다른 사람들도 다 비슷하게 살아요.

기혼 여성 고객이 많다는 말은 사실이었다. 그 이유를 미정은 깊이 생각하지 않았다. 세 번째 수진이 미정보다 더 잘 알 것이다.

9

두 달 뒤, 미정은 세 번째 수진 덕분에 수수료 3퍼센트를 벌었다. 세 번째 수진은 아주 비싼 모델을 샀다. 그해 미정은 드디어 경기도 외곽에 방 두 개짜리 작은 아파트를 샀고, 6년을 같이 산 하우스메이트(들)와 웃으며 헤어졌다.

10

서른일곱 살 생일에, 미정은 여섯 번째 수진을 받았다. 네 번째 수진이 준비한 깜짝 생일 선물이었다. 미정은 세 수진과 생일 케이크 앞에 앉아 초를 불고, 1호 케이크를 4분의 1씩 나누어 먹었다. 미정은 마침내 평화로웠다.

지도 위의 지희에게

3월 4일

지희에게,

나는 무사히 귀가했어. 한국은 아직 추워서 공항에서 집까지 오느라 고생 좀 했다. 너무 추워 오들오들 떨었어. 밤에 전기장판 켜고 잘 거야. 안 그러면 감기 걸릴 것 같은 기분? 그리고 내가 부엌 쪽 창문을 열어놓고 나갔더라. 그새 비가 들이쳤던 것 같아. 세탁 바구니에 있던 수건에서 쉰내가 나. 햇반 종이 포장도 눅눅해졌고. 수건은 일단 과탄산소다 넣고 세탁기에 돌렸고, 햇반 종이 포장 다 뜯어서 냉장고 옆 선반에 넣어놨어. 너 내가 사놨던 컵라면 언제 다 먹었냐?

3월 5일

수건 쉰내, 과탄산소다로 해결 안 되어서 결국 삶았어. 빨랫비누 못 찾아서 길 건너 마트에서 사 왔고, 간 김에 샴푸도 샀어.

3월 10일

정기 배송 생수하고 두유 옴. 인터넷 될 때 두유 정기 배송 해지 부탁. 두유 거의 예순 팩 쌓여 있었는데 또 두 박스 와서 당분간 없어도 될 것 같아. 두유가 너무 많아서 보고만 있어도 좀 질린다.

3월 15일

메일 확인함. 고객센터에 전화했는데, 본인 확인 절차 때문에 내가 변경 못 했어. 네가 직접 해야 한대. 만약 영 어려우면 다시 연락해줘. 변경이 너무 복잡하면 차라리 안 가고 다른 표 사는 게 나을 것 같지 않아? 내가 고객센터에 전화했을 때 전화 연결에도 시간 엄청 많이 걸렸거든.

3월 17일

회사에 우리랑 같은 두유 먹는 분 계시길래 두유 한 박스 드렸다. 괜찮지? 아무래도 너무 많이 쌓여 있으니까 보고 있기가 괴로워서. 너 없으니 잘 줄어들지도 않고. 일정표는 나왔어? 지금 어디쯤 있어?

3월 18일

그렇게밖에 안 됐던 거지? 일단 알았어. 상황을 잘 모르니 답답하네. 여하튼 상륙하든 못 하든 신호 잡히는 대로 연락해줘.

이건 오늘 셀카.

3월 22일

보내준 ID하고 비번 받았고 정기 배송에서 두유하고 햇반 취소하고 물티슈 추가함. 찜 목록에 있는 과자들 네가 먹고 싶어서 담아둔 거야? 사놓을까?

3월 25일

연락 바람.

3월 28일

연락 바람. 점이라도 찍어서 보내줘.

3월 31일

지희야, 메일 잘 받았어. 너무 안심해서 펑펑 울었어. 지금은 괜찮아? 좀 나아? 바로 못 온다는 건 알았으니까 어쨌든 몸조심하고. 한두 명이 타고 있는 것도 아니니 어떻게든 해결되겠지. 몸 사리면서 다니고. 마스크랑 손소독제는 있어? 의사도 타고 있지?

4월 4일

대청소했어. 너 없으니까 집이 엄청 깨끗해. 역시 범인은 너였군. 범인아, 집에 와라.

4월 6일

오늘의 셀카. 오늘부터 2주간 재택근무!

4월 10일

상륙 못 한 거지? 지금은 어디쯤 있어?

4월 11일

사진 잘 받았어. 고마워. 보내느라 고생했겠다.

4월 14일

여객선 항로 추적 사이트에 프리미엄 회원 가입했어. 네가 어디 있는지 내가 보고 있을게. 나한테 연락 못 한다고 괜히 더 스트레스 받지 말고, 몸 잘 챙겨.

4월 17일

그렇구나. 좀 아깝긴 하지만, 그래도 뭐든 정보가 더 있는 게 나으니까. 지도로 보니까 마음이 편해.

4월 18일

네 배에 확진자 생긴 거야?

4월 22일

카보베르데가 어디 있는지 찾아봤어. 오늘부터 너희 회사 사장이랑 도널드 트럼프랑 카보베르데 정부 저주한다.

4월 23일

아무도 저주 안 하고 평생 착하게 살 테니까 네가 집에 왔으면 좋겠어.

5월 1일

다시 재택근무. 여기는 괜찮아. 네가 메일 잘 못 보는 것 같지만 계속 보낼게. 무소식이 희소식이겠거니 하고 있어. 나는 괜찮아.

5월 3일

집 사진. 수국을 세 송이 샀어. 엄청 크지? 로딩이 될지 모르겠지만 사진을 작게 해서 보내본다.

5월 5일

CDC하선허가목록에 네 배가 올라오는지 계속 보고 있어. 아직 없네. 미국에 입항하는 배만 올라와서 그런가? 지금 어디로 갈 수 있는지 모르는 상태 맞지?

5월 9일

자주 메일 쓰겠다고 했는데, 네가 없으니 쓸 말이 없어. 수국은 활짝 피었어.

5월 11일

영어 공부 더 열심히 할걸. 한국 언론에는 배 이야기가 하나도 안 나와. 밤마다 컴퓨터 켜고 배 한 척 한 척이 지금 지구의 어디쯤에 있는지 눌러보고 있어. 네 배도 움직인 거 봤어! 항구 근처에서 왔다 갔다 하는 배들이 많은데, 입항 거부 때문일까? 항구 근처의 배 아이콘은 서로 끌어안듯 겹쳐 있어. 실제로는 서로 꽤 떨어져 있겠지? 크기도 크고 안전거리 같은 것도 정해져 있을 테니까. 감이 잘 안 잡히니 상상하기가 어렵네.

너한테 네 일에 대해 더 많이 물어볼걸.

5월 20일

네가 없으면 내 인생엔 아무 일도 일어나지 않는 것 같아.

5월 23일

네 배가 움직인 거 봤어! 다른 항구에서 연락 온 거야? 긍정적인 생각을 해야지.

5월 26일

긍정적인 생각을 해야지. 긍정적인 생각을 해야지. 긍정적인 생각을 해야지.

5월 27일

알았어.

5월 30일

확진자 수 늘어난 것 봤어. 너는 아니지?

6월 1일

지희야, 나는 괜찮아. 나는 정말로 괜찮아.

6월 3일

나는 괜찮아. 잘 지내고 있어.

6월 7일

나는 잘 지내. 겨울옷 정리하면서 네 옷도 정리했어. 여름옷 꺼내놓을까 하다가 일단 그냥 뒀어. 남색 트렌치코트는 한 번도 안 입었던 거 맞지? 입은 모습을 본 기억이 없어서, 드라이클리닝을 맡길까 하다 커버만 씌웠어. 그거 말고는 빨 건 빨고 세탁소 맡길 건 다 맡겼어.

67,000원 나왔음!

6월 9일

우리가 마지막으로 같이 사진을 찍은 날이 1월 7일이더라. 새해 축하하고 네 생일 축하 겸해서 나갔던 날. 그 뒤에는 음식 사진만 있고 우리 얼굴이 나온 사진이 없었어. 식탁 뒤에 배경처럼 흐릿하게 나온 네 체크무늬 잠옷을 한참 봤어. 목까지만이라도 찍혔으면 좋았을 텐데, 상차림에 초점 잡아 진짜 옷밖에 안 나왔어.

네 사진을 더 많이 찍을걸. 아무 일도 없어도 찍을걸. 기념일이 아니라도, 둘 다 종일 집에서 지냈던 날이라도 사진을 찍을걸. 다른 사람들이 휴대폰 사진첩을 열어보고 수상히 여길까 봐 걱정하지 말고, 그냥 많이, 많이 찍을걸.

그리고 네가 이번 항해를 끝내면, 우리 뭐 겸해서 축하하지 말자. 새해는 새해대로, 네 생일은 생일대로. 우리 5주년은 우리 5주년대로, 내 생일은 내 생일대로. 석가탄신일, 현충일, 제헌절, 크리스마스, 무슨 기념일은 그냥 다 챙기자. 2,000일, 2,100일, 2,200일……. 아예 그냥 100일마다 다 챙기자. 그러면 대강 3개월에 한 번은 확실히 기념일이 되니까. 처음에는 엄청 열심히 챙겼던 것 같은데.

언제부터 우리는, 서로에게 굳이 사진을 남기지 않는 일상이 되었을까. 무심코 찍은 사진에 서로가 나오지 않게 조심하는, 그런 일상이 되었을까.

6월 11일

네가 보고 싶어 죽을 것 같아. 여기는 너무 많은 사람이 너무 멀쩡해. 네가 없는데도, 네 배는 지도 위를 떠돌고 있는데도 사람들은 웃고 대화하고 심지어 마스크도 안 쓰고 있어. 다 죽이고 싶어. 다 죽이고 나도 죽고 싶어.

6월 12일

지희야, 나 괜찮아. 나 정말 괜찮아. 어제 보낸 메일 진짜 미안해. 순간적으로 너무 감정이 북받쳐서 그랬어. 발송 버튼 누르고 진짜 엄청 후회했어. 나는 멀쩡하고 아무도 죽일 생각 안 하고 죽을 생각도 없어. 밤에 혼자 누워 있다가 아무 말이나 한 거야. 회사도 잘 다니고 있고 밥도 잘 챙겨 먹고 있어. 집 청소도 하고 잠도 일찍 자려고 노력하고 있어. 정말 미안해.

6월 24일

메일 받고 많이 울었어. 너는 더 슬펐겠지. 무슨 말이 위로가 될지 모르겠다. 고인의 명복을 빕니다. 그리고 네가 안전하게 나에게 돌아오기를.

7월 1일

오늘 너희 어머니께서 나한테 전화하셨어. 재작년 가을에 그렇게 뵙고 나서 처음이지. 전화받고 처음에는 당황했는데, 금방 괜찮아졌어. 내 전화번호를 알고 계신 줄도 몰랐네. 네가 가르쳐드렸어? 따지는 것도 아니고, 번호 어떻게 아셨느냐고 여쭙기가 그래서 어머님께는 아무 말 안 했어. 솔직히 괜찮은 정도가 아니라 반가웠어. 너무 아무렇지도 않고 반가워 기분이 이상했어. 속없다고 나한테 뭐라 하지 마. 어머님도 이번에는 나한테 불편한 말씀 안 하셨어. 네 걱정만 하셨어. 어머님께는 3월 이후로 한 번도 연락 안 드렸다며?

지금 너는 나한테 연락하기도 어려운 거 알지만(네 배가 카나리 어쩌고에서 왔다 갔다 하다 다시 바다로 나간 거 봤어. 늘 지켜보고 있어!), 그래도 혹시 나랑 본가 둘 중 한쪽에라도 연락할 기회가 오면, 이다음에는 어머님께 연락드려. 아니면 나한테 보내는 메일에 써주면 내가 어머님께 읽어 드릴게.

어머님께서 메일 쓸 줄 모른다고 하시더라. 어머님께서 많이 우셨어. 나도 울었어. 둘이 아주 대성통곡을 했다. 이런 상황이 아니었으면 가족 대화합에 계몽의 날이라고 나중에 너랑 둘이서 낄낄 웃었을 텐데, 네가 없으니 안 우습고 끝까지 눈물만 계속 나더라. 그래도 나만큼 너를 기다리는 사람이 한 명 더 있다는 게 얼마나 안심이 됐는지 몰라.

나한테 당신 전화번호 저장해달라고 하셔서 저장했어. 뭐라고 쓸까 한참 고민하다가 '이지희 어머님'이라고

썼어. 전화 끊고 나서 생각해보니 나는 네 어머니 성함을 몰랐더라고. 여쭤보진 않았어. 여쭤볼 분위기가 아니었거든. 다음 메일에 알려주면 살짝 바꿀게.

7월 14일

어머님께서 전화하셨어. 연락드렸다며? 잘했어. 근데 너랑 나랑 다음에는 말 맞추자. 어머님 서운해하신다.

7월 17일

다음이 있지. 당연히 있지. 그런 말 하지 마.

7월 20일

5주년. 아이스크림케이크 샀다. 먹진 않고 사진만 찍고 냉동실에 넣었어. 막상 안 먹고 그대로 냉동실에 넣으려고 보니 자리가 없어 오밤중에 냉장고 청소함. 네가 샀던 육개장하고 생선 버렸다. 미안. 나는 육개장 안 먹잖아. 먹고 싶으면 네가 돌아와서 사. 아래는 맛있는 케이크와 맛있는 나 사진!

8월 15일

확인했어. 괜찮을 거야.

8월 20일

어머님께서 우리 집에 오셨어. 선물이라고 난 화분 들고 오셨다. 우리 집에 완전 안 어울려. 네가 올 때까지 꽃 보려면 어떻게 해야 하는지 길게 설명해주셨는데 솔직히 다 까먹었어. 인터넷 보면 나오겠지. 그리고 네가 올 때까지 꽃 피워두라는 거 너무 무리……. 마지막 잎새도 아니고 뭐라고 해야 할지 너무 어렵더라. 그래도 오랜만에 웃었어.

8월 23일

21일, 22일, 오늘 보낸 내용 모두 확인했어. 내가 갈게. 내가 갈 테니까, 네가 어디에 있고 어떤 상황이든 내가 너한테 갈 테니까, 걱정하지 마.

8월 29일

회사에서 연락받았어. 항공권하고 여권 사본하고 뭐 보내라는 거 엄청 많던데 다 보냈어. 내 주민등록초본까지 보냈다. 영어 공증 때문에 며칠 걸렸어. 어머님하고 같이 다니면서 서류 뗐다. 어머님께서 위임장 써 주셨고, 너한테 전해달라고 편지도 주셨어. 가지고 간다.

괜찮을 거야. 우리는 괜찮을 거야.

난 화분은 어머님께서 돌봐주신대.

현숙, 지은, 두부

✷

현숙은 구포동을 정착지로 골랐다.

연고지는 아니었다. 애인과 헤어지고 나니 더 이상 서울에 살고 싶지 않았다. 서울에는 사람이 너무 많았다. 현숙과 애인의 관계를 알았던 이들이 적지 않았다. 큰 도시의 익명성이란 때로 얄팍했다. 현숙은 한 번 더 모험하고 싶지 않았다. 비밀이 소문이 되고 소문이 낙인이 되는 경험은 이미 했다. 애인은 실수할 사람은 아니었지만 지나치게 자기 확신이 강한 사람이었고, 그런 사람들은 때로 자신이 인정하지 않을 잘못을 했다.

구포역은 현숙이 KTX를 타고 하나씩 내려 둘러본 역

중 거의 마지막에 있었다. 작지만 깨끗한 기차역이었다. 역 주위에는 대형 카페 체인, 편의점, 김밥집 따위의 편의시설이 적당히 들어서 있었다. 낙동강을 따라 조성된 생태공원이 도보 거리에 있었다. 현숙은 공원에 가보았다. 휠체어를 타거나 보행 보조기를 천천히 밀며 산책하는 노인, 개를 데리고 산책하는 보호자, 모자, 토시, 스카프로 중무장하고 경보를 하는 중년 여성들이 제각기 자기 길을 가고 있었다.

모든 연령대의 사람들이 보여서 마음에 들었다. 천천히 느리게 일하고 조금씩 벌면서 자리 잡고 나이 들어가기에 좋은 동네 같았다. 영업하는 말을 다 믿을 수는 없었지만, 오피스텔에 살면서 돈을 모아 바로 옆 신도시 아파트 단지에 집을 마련하고(여기까지가 공인중개사가 그려준 미래였다), 거기서 최대한 오래 버티다가 근처의 요양병원에 여생을 맡기는 삶(이쪽은 현숙이 지향하는 미래였다)이 가능해 보였다. 딱 적당한 동네였다. 서울에서 충분히 멀었고, 충분히 도시였고, 충분히 느렸다.

현숙은 구포역에서 10분 거리의 오피스텔에 들어갔다.

보증금 500만 원에 월세 35만 원이었는데, 주방과 작은 베란다가 있었다. 서울에서는 어림없는 금액이었다.

현숙은 근처 신도시 주민을 주 고객으로 하는 프리랜서 펫시터로 정착했다. 다른 사람들이 출장, 여행, 야근, 건강상의 이유로 돌보지 못하는 고양이와 개를 대신 돌보는 일이었다. 가슴에 액션캠 애플리케이션을 설치한 구형 휴대폰을 달고, 주인 없는 빈집에 비밀번호를 누르고 들어가 고양이 화장실을 치우고 사료를 주었다. 낚싯대를 흔들거나 캣닢이 든 장난감을 던져 주며 고양이들과 놀았다.

현숙은 고양이를 조금 더 좋아했지만, 현숙의 생계를 유지해준 것은 고양이보다는 개 돌봄이었다. 산책 때문이었다. 시간이 없어서, 퇴근이 늦어서, 건강상의 이유로 반려견 산책을 나서기 어려운 보호자들이 산책 돌봄 신청을 하면, 현숙은 개를 데리고 나가 생태공원을 걸었다. 때로는 줄을 쥐고 헉헉대며 개를 따라 뛰었고, 때로는 개를 유모차에 싣고 천천히 걸었다. 발바닥을 닦아주고 집에 돌아와 물을 마시며 그날 만난 고양이들과 개들의 돌봄일지를 썼다. 종일 사람과는 한마디도 하지 않고도 살 수 있었다.

서울에 남아 있을 옛 애인, 평소 만나지 않음으로써 단체 채팅방에서는 서로 그럭저럭 문명인다운 명절 안부 인사를 주고받을 수 있는 원가족, 한때는 일주일에 닷새하고도 하루를 더 보곤 했던 이전 동료들이 서울과 구포 사이의 거리만큼, 생태공원을 돈 만큼 희미해졌다. 그 자리를 초코, 두부, 샐리, 노랑이, 모찌, 구름이 같은 이름이 채웠다. 평화로웠다.

그는 '두부2'의 보호자였다. 그 아파트 단지에는 현숙이 아는 두부가 셋 있었다. 둘은 개, 하나는 고양이였다. 고양이 두부는 삼색 고양이였는데, 삼색 중에 흰색 털이 있기는 해도 두부처럼 보이지는 않아 이름의 유래를 알 수 없었다. 개 두 마리는 백구였다. 하나는 세 살 몰티즈였다. 외출을 좋아하고 현숙을 반겼다. 다른 한 마리는 열 살 정도 되었다는 진도믹스였다. 이 진도믹스가 두부2였다.

두부2의 보호자는 이틀에 한 번 오후 2시에서 9시 사이 정기 산책 돌봄을 신청한 고객이었다. 두부네 집은 깨끗했고, 두부의 배변판, 두부의 장난감, 두부의 집, 두부의 사료, 두부의 간식, 두부의 가드 줄, 두부의 옷과 옷걸이는 눈에 잘 띄는 곳에 있었다. 처음 방문했을 때는 조금 이상한 기분이었다. 사람 사는 집치고는 가구가 너무 없었다. 거실에는 텔레비전도 티브이장도 없이 쿠션이나 소파 패드도 없는 소파가 덩그러니 놓인 것이 전부였다. 소파 옆에는 작은 테이블이 있었는데, 그 위에는 유독 번쩍번쩍 광이 나는 스테인리스스틸 상자와 물티슈가 놓여 있었다. 매번 똑같았다. 두부의 발바닥을 닦아주려 물티슈를 뽑을 때마다 그 옆의 상자가 왠지 눈길을 끌었다. 상자는 언제나 지문 하나 없이 깨끗했고 늘 똑같은 각도로 놓여 있었다. 집 안 곳곳에 두부의 흔적이 없었다면 집주인이 결벽증이나 강박증이 있나 생각할 정도였다.

*

"고양이가 아니라 개를 키웠어야 했어."

현숙이 흐느꼈다.

지은이 현숙의 손을 당겨 잡았다. 손이 눈물로 축축했다.

"개라면 데리고 다닐 수 있었을지도 모르잖아. 개 데리고 다니는 사람들은 있었단 말이야. 나중에 돌아와서 찾을 가능성도 있고."

지은은 현숙의 손을 당겨 캐미솔에 닦았다. 그나마 남은 깨끗한 천이었다. 현숙이 지은에게서 손을 빼내더니 양손으로 제 눈을 가렸다.

"울면 안 되는데. 울면 힘 빠지는데."

현숙이 두 눈을 꾹 누르며 중얼거렸다. 현숙의 뺨을 타고 흐르는 눈물이 보였다.

"금방 집에 돌아갈 수 있을 거야. 그러면 두부가 저 좋아하는 캣폴 위에 앉아 있다가 우리 소리를 듣고 '왜 이제 와' 하고 투덜투덜 울며 나올걸."

지은은 빤한 거짓말을 했다. 귀엽게 투정 부리는 두부의 모습이 떠올랐는지, 현숙의 입꼬리가 살짝 올라갔다가 금세 다시 처졌다. 숨죽인 흐느낌이 띄엄띄엄 다시 시작되었다.

지은도 두부를 데려오고 싶었다. 두부가 마지막까지 집에 있어 데리고 나올 수 있었다면, 현숙이 원한 대로 대피소를 포기하고 두부를 차에 태워 피난하는 방법도 고려는 해보았을 것이다. 대피소에 간다고 살아남는다는 보장도 없었다. 그러나 두부는 첫 소란에 도망쳤다. 현숙이 경황없어 밖을 살피는 사이, 한 번도 본 적 없던 속도와 높이로 방묘문을 뛰어넘어 달려 나갔다. 이번 두부는 예민한 고양이였다. 이동장에 갇힌 피난길을 오래 버티지 못했을 터였다. 차라리 밖에 있는 편이 생존 가능성이 높았을 수도 있었다. 아니, 어느 쪽이든 길게 보면 두부는 어차피 살지 못했을 것이다. 현숙이 지금까지 키운 어떤 동물도 끝까지 살아남지 못했다. 지은이 살릴 수 있는 것은 현숙뿐이었다. 아마도. 현숙만을 간신히. 상자의 영향권은 아주 좁았다.

지은은 일어나 앉아 허리춤에 찬 복대의 지퍼를 열고 안에 든 주먹 두 개만 한 상자를 살짝 만졌다. 매끄럽고 서늘한 금속의 감촉이 손끝으로 전해졌다. 지은은 지퍼를 다시 잠그고 복대를 윗옷 아래 단단히 여몄다. 아직은 아니었다. 아직은 현숙도, 대피소 내의 다른 사람들도 살아 있었다. 대피소 내에는 질서가 있었다. 사람들은 순서를 지켜 물과 식료품을 받았고, 각자의 텐트 안에 머물렀다. 나갈 수 있으리라는, 이 모든 재난이 끝나면 각자의 집으로 돌아갈 수 있으리라는 희망도 있었다.

*

오늘 두부는 생태공원을 한 시간 동안 산책했습니다. 30분 정도 가다가 실외 배변을 했어요. 건강한 응가였습니다. 가다가 갑자기 강 건너편을 향해 몇 번 짖고 폴짝폴짝 뛰기도 했답니다. 무엇을 보았을까요? 조금 기다리다가 두부의 흥분이 가라앉고 산책을 계속했습니다. 그 외에는 별다른 일 없이 무사히 산책을 마쳤어요. 집에 돌아오자 두부는 조금 피곤한 것 같았습니다.

오늘 두부는 산책을 기다렸던 것 같아요. 현관문을 열고 들어서자마자 중문 앞에서 두 발로 서서 반기더라고요. 얼른 들어가니 옷장으로 저를 안내했어요. 오늘은 빨간색 후드를 입혔답니다. 아파트 주변을 한 바퀴 돌고, 두부가 더 걷고 싶어 하는 것 같아 생태공원을 한 시간 정도 더 산책했습니다. 두부가 지나가던 어떤 여성분한테 꼬리를 흔들고, 자꾸 따라가려고 해서 조금 애를 먹었습니다. 두부가 아는 분이셨을까요? 그분은 다행히 그냥 지나가셨습니다.

두부는 오늘 산책하면서 쉬야를 했고 대변은 보지 않았습니다. 집에 돌아와 옷을 벗기고 발을 닦아주었더니 배변 패드에 올라갔다 내려갔다 했는데 아무것도 누진 않더라고요. 옷과 물티슈를 정리하고, 두부가 배변 패드를 쓰는지 조금 지켜보다가 퇴근했습니다.

지은은 소파에 기대 현숙이 쓴 돌봄일지를 읽으며, 소파 옆의 커다란 방석에 몸을 말고 누운 두부를 바라보았다. 두부는 영리했다. 아니, 영리하지 않은 개라도 함께 사는 사람을 산책길에 만나면 당연히 알은척을 하겠지. 지은과 눈이 마주친 두부가 고개를 들고 눈을 몇 번

끔벅이더니, 지은이 턱 아래를 몇 번 쓰다듬어주자 눈을 감고 도로 누웠다.

알은척을 하는 편이 나았을까? 현숙과 두부를 보러 공원에 간 것은 충동적인 행동이었다. 두부가 저를 보고 그렇게까지 야단법석으로 반길 줄은 예상을 못 했다. 조금만 생각해보면 지극히 당연한 반응이었는데. 멀리서 보았을 때는 두부가 지은을 알아보고 짖어도, 현숙에게는 자신이 보이지 않으니 괜찮았다. 멀리서 한번 보고 나니, 어쩔 수 없이 더 가까이에서 보고 싶었다. 두부의 산책길에 현숙이 돌봄일지와 함께 올리는 사진과 동영상에는 현숙의 얼굴이 나오지 않았다. 두부와 함께 걷는 현숙의 다리, 두부를 만져주고 두부의 발을 닦는 현숙의 손과 팔만 보였다. 두부를 따라 현숙이 가볍게 뛸 때면, 현숙의 하늘색 니트의 목둘레와 현숙의 목선이 동영상 속에 나타났다 사라졌다 했다. 아예 안 보이는 게 아니라서 더 애가 탔다.

현숙이 공원에서 보았던 지은을 알아볼까? 혹시라도 이상한 사람이라고 생각하면 어떡하지? 자기 반려견을 모른 척하는 사람은 누가 생각해도 이상하잖아. 자기도 어차피 공원에 있으면서 반려견 산책은 남에게 맡긴 사람도 이상하고. 역시 인사를 해야 했을까. 하지만 현숙에게 말을 걸 수 없었다. 평화로운 공원에서 흰색 개를 데리고 총총 걷는 현숙을 보고만 있어도 눈물이 날 것 같았다. 두부가 지은을 알아보고 짖으며 쫓아오지 않았다면 주저앉아 울었을지도 몰랐다.

지은은 달력을 보았다. 아직 반년 가까운 시간이 있었다. 이번에 현숙은 서울에 살지 않았다. 다른 사람과 연애를 했다. 동물을 돌보는 일을 하지만, 동물을 키우지는 않았다. 지은은 현숙의 돌봄일지 아래에 별점 5점을 달고 리뷰를 썼다. 몇 번을 고쳐 쓰다가, "저보다 더 잘 돌봐주십니다. 일이 바빠서 산책을 못 가는 날마다 미안했는데, 돌보미님이 오신 다음부터 두부가 자주 나갈 수 있어 건강해지고 기분도 좋아진 것 같아요"라는 짧고 무해해 보이는 글과 침대에 누운 두부의 사진을 올리고 사진 리뷰 작성으로 현금처럼 사용할 수 있는 300포인트를 받았다.

*

지은은 방수포를 펴고 현숙을 눕혔다. 바닥을 고를 여유는 없었다. 현숙의 손을 잡았다. 식은땀으로 축축했다. 지은은 복대에서 상자를 꺼내 현숙의 손바닥 위에 올리고, 현숙의 손가락을 하나씩 접어 상자를 붙들게 했다. 바들거리는 현숙의 손가락에는 힘이 없었고, 관절이 잘 접히지 않았다. 상자가 현숙의 손에서 미끄러졌다. 지은은 현숙의 손과 상자를 단단히 감싸 쥐었다.

"다음에는 개를 키우자."

지은의 말에 현숙의 눈꺼풀이 파르르 떨렸다. 눈을 뜨고 싶은 것 같았지만, 눈가 주름 사이로 눈물이 조금 흘러나올 뿐, 현숙의 눈동자는 보이지 않았다. 지은은 상자의 매끄럽고 차가운 표면에 이마를 대고, 움켜쥔 현숙의 손과 상자에 대고 속삭였다.

"다음에는 실패하지 않을게."

✴

현숙이 제일 처음 키운 생명은 장수풍뎅이였다. 초등학생 때였다. 아버지가 동료에게서 장수풍뎅이 애벌레 두 마리를 받아 와서 현숙에게 선물로 주었다. 장수풍뎅이 애벌레는 축축한 톱밥이 든 투명한 플라스틱 통에 들어 있었다. 현숙은 플라스틱 통 두 개를 책상 앞, 책꽂이 아래에 세워두고 날마다 지켜보고 관찰일지를 썼다. 애벌레는 금방 자랐다. 엄지손가락만 하던 애벌레가 더 큰 번데기가 되더니, 번데기에서 장수풍뎅이가 나왔다. 두 마리 다 뿔이 멋진 수컷이었다.

"둘 다 수컷이면 아기는 못 낳는 거죠?"

현숙은 새로 꾸민 장수풍뎅이의 집을 들여다보며 물었다. 둘 다 수컷이라 장수풍뎅이 집 만들기 세트를 두 벌 샀다. 세트마다 톱밥과 젤리 먹이통을 넣고, 장수풍뎅이가 타고 다닐 나무토막도 하나씩 넣었다.

"그럼. 수컷끼리는 교미할 수 없어요. 같이 있으면 싸우기나 하지. 하나가 암컷이었으면 집을 하나만 사서 같이 키웠을 텐데."

현숙과 함께 장수풍뎅이를 들여다보던 어머니가 답했다.

장수풍뎅이들은 현숙의 방에서 여름을 보냈다. 여름방학이 끝날 때쯤 부모님은 손에 장수풍뎅이 집을 하나씩 들고 현숙과 야트막한 산 둘레길에 올랐다. 현숙이 유치원 때부터 체험학습을 다니던 곳이었다.

"이제 별이와 웅이는 너무 커서 우리랑 같이 살 수 없어요. 여기 산에서 다른 친구들이랑 같이 살게 풀어주자."

현숙은 별이와 웅이를 톱밥째 꺼내고, 근처에 젤리 먹이를 놓아준 다음 인사를 했다. 별이와 웅이는 톱밥 속에 가만히 있었다. 현숙은 장수풍뎅이들이 멋진 뿔을 뽐내며 나무를 타고, 암컷을 만나고, 별이와 웅이의 자식인 장수풍뎅이들이 태어나는 상상을 했다. 주말에 아버지의 손을 잡고 둘레길을 걸으며, 별이와 웅이를 닮은 장수풍뎅이를 만날 수 있을까 주위를 둘러보기도 했다. 현숙은 빈 장수풍뎅이 집을 보며 다시 장수풍뎅이를 키워보고 싶다고 했지만, 어머니가 원치 않았다.

"장수풍뎅이는 잘 키워봤으니 이번에는 다른 동물을 키워보면 어떨까? 다른 관찰일지도 써보자. 물고기는 어때? 수빈이네 집에 구피가 많다던데 몇 마리 받아 올까?"

현숙은 장수풍뎅이 성충의 수명이 길어야 3개월이라는 사실을 한참이 지나서야 알았다. 둘레길에 남은 별이와 웅이가 교미를 하거나 후손을 남겼을 가능성은 거의 없고, 현숙이 어느 날 아침 일어나 장수풍뎅이 사체를 발견하고 슬퍼할까 봐 산에 데려갔을 뿐이라는 사실도, 아마 그 산은 현숙 같은 동네 아이들이 아무것도 모른 채 키우다 웃으면서 풀어준 수많은 장수풍뎅이의 무덤이었으리라는 사실도. 현숙은 무지한 채 어머니가 수빈이네에서 받아 온 구피를 키웠다. 구피는 순식간에 늘어났다. 제때 분리해주지 않으면 성체가 치어를 뜯어 먹었다. 현숙은 아기를 잡아먹는 구피가 싫다고 했다. 수십 마리 구피를 떠안은 현숙의 어머니는 한참을 난감해했으나, 결국 구피는 현숙의 집에서 사라졌다. 아마 수빈이네 구피가 현숙이네 집에 왔듯이, 현숙이네 구피도 다른 누군가의, 가영이나 유빈이나 민정이의 집으로 갔으리

라. 현숙은 싱크대, 하수구, 차로 15분 거리인 호수공원, 쓰레기통 같은 장소를 떠올리지 않으려 애썼다.

현숙은 지은에게 종종 장수풍뎅이와 구피 얘기를 했다. 지은이 고양이를 키우자고 하자, 장수풍뎅이와 구피 얘기를 하며 생명을 키우고 싶지 않다고 했다. 현숙은 동물을 키우고 싶지만 무섭다고 했다. 끝까지 책임지지 못할까 봐 두렵다고 했다. 현숙과 지은이 헤어지면 그 고양이는 어떻게 되는 거냐고 물었다. 지은은 정색을 하며 현숙에게 물었다.

"설마 나랑 헤어질 생각을 하는 거야?"

"아니, 사람 일은 모르는 거잖아. 고양이는 10년 넘게 산다던데……."

"나는 10년이 아니라 30년이 지나도 널 사랑하고 있을걸."

현숙이 얼굴을 붉혔다. 지은은 당황한 현숙을 보며 크게 웃었다.

"고양이가 사람보다 먼저 떠나면 너무 슬플 것 같아서 엄두가 안 나."

"별이나 웅이처럼?"

"그건 좀 너무한 경우였고. 고양이는 곤충보다 사람이랑 소통도 잘될 텐데, 정붙이고 살다가 떠나면 그 빈자리가 너무 커서 힘들 것 같아."

지은은 동물을 키우기 어려운 이유를 대는 현숙의 얼굴에서 갈망을 읽었다. 무언가를 보살피고 돌보고 싶은 욕망을 보았다. 지은은 현숙과 공유하는 유튜브 시청 기록에서 고양이와 강아지, 사자, 호랑이, 판다, 오리를 보았다. 물론 현숙은 육아 예능도 보았다. 지은은 육아 예능이 '맞춤 동영상'에 나올 때마다 '이 영상에 관심이 없습니다'를 눌렀지만, 며칠만 방심하면 어린아이들이 등장하는 쇼츠며 동영상이 다시 추천되었다.

그래서 지은은 하얀 고양이를 데려왔다. 회사 근처 동물병원에서 임시 보호를 하던 고양이였다. 누군가 동물병원 앞에 상자째 버려두고 갔다고 했다. 현숙은 고양이를 보고 환히 웃었고, 그 고양이에게 두부라는 이름을 붙였다. 첫 번째 두부였다. 현숙과 지은과 두부, 세 가족은 7년을 함께 살았다. 그날이 닥치자, 현숙은 두부를 포기하고 지은과 대피소에 들어갔다. 대피소에는 반려 동물을 데려갈 수 없었다. 대피소에서 현숙은 자주 울었다. 두부를 보고 싶어 했다.

대피소 안에서 그 상자를 발견해 텐트로 가져온 사람은 현숙이었다. 두 사람은 텐트 바닥에 방수포를 깔고 그 상자로 방수포 모서리를 눌러 고정했다. 먼저 텐트를 쳤던 누군가가 남기고 간 물건이리라 생각했다. 대피소가 무너지기 직전에 지은이 그 상자에 닿은 것은 우연이었다. 지은이 현숙의 손을 잡은 채 자신의 몸으로 현숙의 몸을 덮으면서, 그 상자도 지은의 배에 함께 깔렸다.

*

두 번째 시도에서 지은은 현숙을 만나지 않았다. 지은은 당근마켓에서 개인 방송용 카메라와 마이크를 사고, 재난에 대비해 생존 가방 준비하는 법, 집 근처 대피소를 알아두는 법, 안전한 대피소와 안전하지 않은 대피소를 구분하는 법, 씻지 않은 채 오래 버티는 법 같은 동영상을 올렸다. 직장을 다니며 모은 적금을 털어 1년 가까이 영상 작업을 해 올렸지만 대부분 조회 수가 1K를 넘지 못했다. 구독자도 거의 없었다. "바카라 100프.로. 당첨 http://wsf.pg" 따위의 댓글만 달렸다. 그나마 알고리즘의 은혜를 받아 몇만 뷰가 나온 동영상이 하나 있기는 했다. 드라이샴푸 비교 사용기였다. 댓글의 반응은 좋지 않았다. 유튜브 알고리즘이 왜 이런 영상을 추천했는지 모르겠다, 잘되려면 3줄 요약을 만들어라, 참고하려고 봤는데 너무 극단적인 상황만 가정해서 도움이 안 된다 따위의 댓글이 달렸다.

지은은 대피소로 가던 길에 그들에게 물렸고, 상자가 작동했다.

*

그다음 번에 지은은 다시 현숙을 만났다. 이번에는 학원이었다. 지은은 공무원 시험을 준비하러 온 현숙에게 지방직을 권했다. 지방직이 경쟁률이 낮고 한 지역에 계속 있을 수 있어 조용하고 안정적으로 살기 좋을 거라고, 그래서 지은도 지방직도 알아보고 있다, 또래인 데다 스펙도 비슷한 현숙도 지방직을 함께 준비해보면 어떻겠느냐고 했다.

"글쎄요. 주민등록도 옮겨야 하고…… 지역에 한번 소문이 나면 수습하기가 쉽지 않아서 저는 지방직은 좀."

현숙이 말했다.

"뒷소문 같은 게 한번 나면 해명할 기회도 없고, 해명할 수 없는 일인 경우도 많고요. 국가직이면 인사이동이 있으니 좀 덜하지 않겠어요? 게다가 지방으로 갈수록 주민들 나이대가 높은데, 저는 나이 많은 분들은 좀 불편해서요. 혼자 사는 여자에게 이런저런 편견이 있을 수도 있고. 왜, 가끔 뉴스에도 나오잖아요."

현숙과 지은의 대화를 듣던 다른 수험생이 끼어들었다. 같은 시험을 준비 중이라 낯이 익은 사람이었다.

"그거 다 지방에 대한 편견이에요. 평생 혼자 살 것도 아닌데 그렇게까지 경계할 필요 있나요."

현숙이 애매한 표정을 지었다. 지은은 몸을 살짝 틀어,

옆에 앉은 현숙을 그의 시선에서 가렸다.

"조심해서 나쁠 것 없긴 하죠. 저는 현숙 씨 말씀이 무슨 뜻인지 알겠어요."

"알아요?"

현숙이 지은을 유심히 쳐다보았다.

"네."

현숙과 지은은 학원에서 잠시 사귀었지만, 현숙은 국가직, 지은은 강원도 지방직에 합격하며 헤어졌다. 지은은 현숙에게 강원지청을 희망청 1순위로 써내어줄 수 없냐고 물었다. 강원지청은 선호도가 높지 않으니 현숙의 성적에서 1순위로 선택하면 발령 가능성이 있어 보였다.

"지은 씨, 솔직히 우리가 그 정도 사이는 아니잖아요."

지은은 3년 후, 또는 5년 전 자신의 아래에 말랑하게 눌리던 현숙의 몸과 등 위로 쏟아지던 대피소 천장 콘크리트의 무게를 떠올려보려 했지만, 잘 생각이 나지 않았다.

현숙은 세종시로 갔고, 두부라는 이름을 붙인 고양이를 키웠다. 지은은 현숙의 카카오톡 프로필에서 두부를 보았다. 두부는 꼬리와 오른쪽 눈 부분에 검은 털이 섞인 흰색 고양이였고, 파란 눈을 가진 첫 번째 두부와 달리 호박색 눈이었다. 지은은 피난 직전에 현숙에게 다시 연락했다. 지금 현숙의 집 근처 대피소는 앞으로 가장 먼저 무너질 곳이었다. 더 안전한 곳을 미리 알려줄 생각이었다.

"지은 씨, 오랜만에 연락 줘서 반가워요. 그런데 지금 제가 좀 바빠서 용건 있으면 카톡 남겨주시면 있다가 확인할게요."

전화를 받은 현숙은 다급히 소곤거렸다. "이 늦은 시간에 대체 누가 전화질이야?"라고 묻는 여자 목소리가 들렸다. 지은은 사과하고 전화를 끊고, 더 오래 버텼던 대피소들의 위치를 현숙에게 메시지로 보냈다. 마지막 날까지 메시지 옆의 '1'이 사라지지 않았다.

✷

현숙이 제일 처음 키운 생명은 장수풍뎅이였다. 아버

지가 동료에게 자녀 선물이라며 받은 애벌레 두 마리였다. 엄지손가락만 한 애벌레들이 플라스틱 원통 속 톱밥 아래에서 꿈틀댈 때마다 통 속 톱밥이 들썩였다.

"좀 징그러운데."

어머니가 얼굴을 찡그렸다. 현숙은 신기하기만 했다. 플라스틱 통을 책상 위에 놓고 날마다 관찰일지를 썼다. 번데기가 만들어지자, 모아둔 세뱃돈으로 장수풍뎅이 집 만들기 세트를 두 벌 샀다.

"장수풍뎅이가 무사히 나올지 안 나올지도 모르는데 벌써 집까지 샀어? 두 개나? 하나만 있어도 되잖아."

어머니가 영수증을 확인하며 나무랐다.

"둘 다 수컷이라서 따로 키워야 해요. 한집에 넣으면 싸우거든요."

"아직 나오지도 않았는데 성별을 어떻게 아니? 하나는 엄마가 환불하고 올게."

현숙은 두 집 다 필요하다며 고집을 부렸다. 번데기 두 마리는 무사히 성충이 되었다. 둘 다 뿔이 멋진 수컷이었다. 현숙은 의기양양해하며 장수풍뎅이를 한 마리

씩 집에 넣었다. 장수풍뎅이들은 현숙의 방에서 여름을 났다. 부모님은 현숙에게 산에 장수풍뎅이들을 풀어주자고 했다.

"이 집은 너무 좁고 답답하단다. 푸른 하늘을 보고 자유롭게 돌아다니게 해줘야지. 여자 친구도 사귀고. 혼자 있으니까 외로울 거야."

현숙은 부모님의 말을 듣지 않았다. 푸른 하늘이 잘 보이도록 아침에 일어나자마자 장수풍뎅이 집을 창문 앞으로 옮겼다. 학교에서 돌아온 다음에는 손을 씻자마자 장수풍뎅이 집부터 서편 베란다로 옮겼다. 장수풍뎅이들은 가을 중간고사 직후에 죽었다. 현숙은 장수풍뎅이 사체를 아파트 화단에 묻었다.

고양이를 키우자는 말은 현숙이 먼저 꺼냈다.

"사람보다 수명이 짧으니 우리보다 먼저 죽을 텐데. 너무 슬플 것 같아. 정붙이고 살다가 떠나면 그 빈자리를 어떻게 감당하려고 그래?"

지은의 반대에 현숙은 초등학생 때 키운 장수풍뎅이 얘기를 했다. 애벌레와 번데기를 들여다보며 관찰일지를 쓰고, 신선한 먹이와 깨끗하고 양분 많은 톱밥을 갈아주고, 아침저녁으로 장수풍뎅이 집을 조심히 들어 옮기며 햇볕과 바람을 쐬게 해주고, 크기와 모양과 색깔이 서로 다른 두 장수풍뎅이의 뿔을 색연필로 열심히 따라 그리고, 화단을 깊이 파 수명을 다해 죽은 장수풍뎅이 사체를 묻으며 운 얘기를 했다.

"슬프긴 해도 의미가 있었어. 끝까지 책임지면 후회하지 않아. 우리가 입양하지 않으면 길에서 죽을지 모르는 유기묘를 데려오자. 마음껏 사랑하며 키우면 돼."

지은은 현숙의 확신에 찬 표정을 보았다.

'그냥 유튜브 동영상으로 보면서 귀여워하면 안 돼?'

지은은 하고 싶은 말을 꾹 참았다. 이번 현숙은 동영상을 별로 보지 않았다. 근처 공원 벤치에 앉아 산책하는 개들을 구경하거나 동물원에 갔다. 현숙은 판다월드에 가려고 에버랜드 이용권을 샀고, 여러 동물권 단체에 각각 월 1만 원씩 기부금을 냈다. 현숙은 유기 동물 입양 플랫폼을 몇 달 동안 살펴보다가, 회색과 흰색이 섞인 장묘종 고양이를 데려왔다. 지은과 현숙, 그 두부는 6년을 같이 살았다.

두부는 그 사건 전에 급성 신부전증으로 죽었다. 두 사람은 두부를 담요에 감싸고 이동장에 넣어 반려동물 장례식장으로 데려갔다. 현숙은 추모 보석을 만들고 싶어 했고, 두부는 루세떼가 되어 돌아왔다.

그다음 해, 지은과 현숙은 지은이 몇 달 전부터 미리 준비한 물, 보존식, 생존 용품을 차에 한가득 싣고 피난길에 나섰다. 현숙은 세단이 아니라 SUV를 고집했던 지은의 선견지명에 감탄했다. 현숙의 목에는 두부였던 루세떼가 걸려 있었다. 지은은 상자를 복대에 넣어 옷 속에 숨겼다.

두 사람의 차는 경기도를 벗어나지 못했다. 젊은 여자 두 사람이 모는 SUV는 너무 쉬운 타깃이었다. 지은은 복대에서 상자를 꺼내 현숙의 손에 쥐여주었다. 바짝 긴장해 차 밖을 살피던 현숙이 어리둥절한 표정으로 지은을 쳐다보았다.

"이게 뭐야? 이걸로 저 사람 머리라도 치라고?"

버려진 차들 때문에 꽉 막힌 도로 위, 두 사람의 차로

캠핑용 손도끼를 들고 다가오는 남자가 보였다. 지은은 잠시 고민하다가 돌아갔다.

*

오늘 두부는 산책을 나가기 전에 망설였어요. 평소처럼 먼저 나가려고 헥헥 하며 신나 있지 않고, 집 안을 자꾸 들여다보면서 망설였어요. 산책을 가고 싶지 않은 건가 싶었는데, 막상 집 밖에 나가니 잘 걸었고 산책하면서도 다른 일은 없었습니다.

평소처럼 공원을 한 시간 돌았습니다. 산책하면서 조금씩 소변을 봤고 실외 배변도 했어요. 건강한 응가였습니다. 집에 돌아와서는 발을 다 닦아주기 전에 자꾸 소파 옆 자기 침대로 가려고 하더라고요. 잘 달래서 발을 닦아주고 제가 집에서 가져온 트릿을 하나 주고 퇴근했습니다.

*

현숙이 제일 먼저 키워본 생명은 장수풍뎅이였다. 그 다음은 햄스터였다. 현숙은 대학 시절 내내 골든햄스터를 키웠다. 햄스터는 도망치듯이 집을 나와 시작한 자취 생활의 외로움을 달래주었지만 수명이 짧아 이별이 빨랐다. 현숙은 몇 년이 지나도 이별에 익숙해지지 않자, 햅쌀이를 마지막으로 더 이상 햄스터를 키우지 않았다.

고양이를 입양할까도 생각했다. 고양이 관련 카페에서 열심히 활동해 입양 신청이 가능한 등급까지 레벨을 올렸고, 유기 동물 입양 플랫폼에 가입했다. 고양이를 검색하고, 공고 번호와 문의 전화번호, 이메일을 저장해놓고 망설인 것도 한두 번이 아니었다. 입양 신청서까지 썼으나 보내지 못한 적도 있었다. 어쩐지 그 이상 나아갈 수 없었다.

'다음에는 개를 키우자.'

현숙은 어느 날 문득 깨달았다. 고양이가 아니었던 거구나. 나는 개를 키우고 싶었던 거였어.

현숙은 유기견을 입양하러 나간 자리에서 지은을 만났다.

지은은 본가 근처에서 발견되었다는 하얀 진도믹스를 임시 보호하고 있었다. 지은의 본가는 부산이었는데,

해운대에 관광을 가서 반려동물을 유기하고 가는 사람들, 넓은 공원의 인적 드문 CCTV 사각지대에 개를 묶어놓고 도망가는 사람들이 있다고 했다. 지은은 목격 당시 두부의 사진을 보여주었다. 아직 다 자라지 않은 강아지가 공원에서 목줄을 한 채 돌아다니고 있었다. 당근마켓 동네생활에 "생태공원 갈대숲 근처에 강아지 돌아다니고 있어요. 아직 작아요. 주인 찾습니다", "2단지 근처에 강아지 있어요. 진도믹스인 듯? 잃어버린 분 데려가세요" 같은 글이 몇 번 올라왔다. 지은은 그 강아지를 찾아 동네병원에 데려갔다. 인식 칩이 없었다. 추석 연휴 끄트머리인 시기까지 생각하면, 길을 잃은 게 아니라 누군가가 버리고 간 것 같다고 했다. 지은은 강아지를 데리고 상경해 인터넷에 글을 올렸다.

—7개월령 흰색 진도믹스가 새 가족을 찾습니다.

현숙은 그 개를 입양했다. 임시 보호자이던 지은이 붙였다는 두부라는 이름을 그대로 썼다.

"현숙 씨 마음에 드는 이름을 새로 붙이셔도 될 텐데요. 흰 강아지한테 두부라는 이름은 너무 흔하잖아요?"

두부를 두부라고 부르기로 했다는 말을 들은 지은이 물었다.

"아니, 두부라는 이름이 딱 잘 어울리는 것 같아요. 그냥 그래요."

현숙은 '두부'라는 말이 들릴 때마다 벌떡 일어나 꼬리를 흔드는 강아지를 보며 말했다. 절로 웃음이 났다. 두부는 귀엽고 건강했고, 현숙과 지은을 잘 따랐다.

둘은 한강공원에서 두부를 산책시키며 데이트를 했다. 매주 토요일마다 반포한강공원에서 만나 여의도한강공원까지 두부를 데리고 걸어간 다음, 여의도한강공원에 돗자리를 깔고 앉아 강바람을 맞으며 맥주를 마셨다.

"강 근처에 살면 좋을 것 같아. 바람도 시원하고 공기도 좋고."

현숙이 말했다.

"좋지. 그런데 한강 근처는 너무 비싸고. 부산도 좋아. 낙동강이 있어서."

"부산이면 해운대가 유명하지 않아?"

"해운대 쪽이 개발이 많이 되긴 했지만, 나는 고향 내려가서 살면 화명신도시 근처에 살고 싶어. 신도시 안은 나 같은 사람이 살기에 너무 빡빡하고, 근처에 구포동이라고 있는데, 지하철역이며 KTX역이며 있을 건 다 있으면서 좀 더 널널한 분위기야. 그쪽에서도 화명생태공원에 걸어서 갈 수 있거든. 낙동강 바람이 불어서 엄청 기분 좋고 쾌적해. 개랑 산책하기도 좋은 동네야."

그 생은 거의 완벽했다. 지은과 현숙은 대피소에 가지 않고 꽤 오래 버텼다. 서울 시내 두 사람의 집에서 문을 잠그고 아무도 없는 듯 숨죽여 처음 몇 달의 혼란을 버텼다. 사람들이 문을 부술 듯이 두드려도, 근처 대피소로 피신하라는 재난 문자가 와도, 사람들의 비명과 총성이 들려도 두 사람은 밖에 나가지 않았다. 지은의 고집이었다. 지은이 노이로제에 걸린 사람처럼 모았던 비상식량과 생수와 창고의 자리를 다 잡아먹던 커다란 물통도 유용하게 쓰였다. 현숙은 처음에는 다른 사람들과 함께 피난하고 싶어 했지만, 대피소에는 두부를 데려갈 수 없다는 말을 듣자 곧 단념했다.

"서바이벌 예능 마니아랑 살아서 좋은 점이 다 있네."

난방이 들어오지 않는 방 안에 이중으로 텐트를 치고 두부를 가운데 두고 이불을 덮은 채 현숙이 말했다. 두부가 동의한다는 듯이 작게 낑낑거렸다. 서바이벌 예능 마니아라는 것은 지은이 이번에 한 사소한 거짓말 중 하나였다. 사람들이 거의 빠져나간 서울 시내를 마지막으로 훑고 지나가던 패거리가 아니었다면, 너무 오랜만에 사람들이 소란을 피우자 두부가 벌떡 일어나 짖지 않았다면, 주변에 아무도 없는 생활에 너무 익숙했던 현숙이 두부를 달래려 목소리를 높이지 않았다면, 그들은 더 버텼다가 무사히 서울 밖으로 나갈 수 있었을지도 몰랐다.

"개를 키우지 말걸 그랬어."

지은의 말에 현숙이 고개를 저었다.

"그건 아니야. 두부 덕분에 우리가 만날 수 있었잖아. 오래 행복했고."

아주 오랜 시간이었지만, 충분히 긴 시간은 아니었다.

*

현숙의 첫사랑은 짝녀의 아웃팅으로 형편없이 끝났다. 현숙은 도망치듯 집을 나와 대학 근처에서 자취 생활을 시작했다. 앞으로 어떻게 살아야 할지 알 수 없었다. 공무원 시험 준비도 생각해보았지만 경직된 공직에서 무사히 지낼 자신이 없었다. 왠지 시험은 붙을 것 같았으나 그다음의 삶이 상상이 되지 않았다. 생각이 뚝 끊기는 듯 이어지지 않아 내 길이 아닌가 보다 싶었다.

현숙은 어영부영 대학을 졸업하고, 고용노동부의 청년 취업 정책지원금을 받는 회사에 웹마케터로 입사했다. 현숙처럼 갓 대학을 졸업한 사회 초년생을 2년 이상 정규직으로 채용하면 정부가 인건비의 60퍼센트를 보조해주는 정책이었다. 현숙은 그곳에서 애인을 만났다. 같은 학교 학생을 좋아했다가 그 수모를 겪어놓고, 이번에는 같은 회사 사람과 연애를 하고야 만 것이다.

작은 마케팅 회사였다. 바이럴 광고와 블로그 관리가 현숙의 일이었다. 현숙은 받은 가이드라인대로 블로그를 만들고 광고주들의 앱을 설치하고 이런저런 리뷰를 썼다. 바이럴 광고주 중에는 펫시터 중개업체가 있었다. 고양이나 개를 돌봐줄 사람이 필요한 고객과, 동물을 돌보는 아르바이트를 하고 싶은 사람들을 연결해주는 플랫폼이었다. 펫시터 중개업체끼리 시장 선점 경쟁이 치열했다. 현숙은 광고주인 업체를 살짝 올려치고 다른 업체를 살짝 내려치는 리뷰와 블로그 게시글을 하루에 세 개씩 썼다. 글 속 현숙은 고양이를 키웠다가 개를 키웠다가 했다. 개를 다섯 마리 키우는 사람도 되어본 적이 있었는데, 다섯 마리의 이름을 지어내기가 쉽지 않았다. 동물을 많이 키운다고 해서 리뷰어의 공신력이 올라가는 것 같지도 않았다. 현숙은 두부라는 이름의 진도믹스를 키우는 20대 후반 영업직 여성이라는 캐릭터에 정착했다.

일은 할 만했다. 특별히 재미있지도 재미없지도 않았다. 연애는 괜찮았다. 열한 살 연상인 애인은 현숙의 경계심을 이해하지는 못하지만 수용하는 사람이었다.

"자기는 언제까지 그렇게 살려고 그래. 우리 같은 사람들일수록 노후 준비를 단단히 해야 해. 요양원에서 외롭

게 늙어 죽을 수는 없잖아. 빡세게 모아야지. 애 안 낳아서 아끼는 돈이 얼만데, 그것만 잘 운용해도 노후 걱정은 안 할 수 있어. 자기, 적금은 들었어?"

정부 정책 변경으로 청년 인건비 지원 비율이 60퍼센트에서 30퍼센트로 축소되었다. '청년 인재' 한 명이 현숙보다 먼저 권고사직으로 그만두었고, 옆 팀의 과장도 이직하자 전체 직원이 4인으로 줄어들었다. 애인은 현숙을 불렀다.

"자기, 우리 회사가 요새 힘들어. 다른 데 알아보는 게 나을 거 같아. 회사 문 닫을 때 나가면 퇴직금도 제대로 못 받아."

현숙은 그렇게 해고되었고, 애인과 헤어졌다. 5인 미만 사업장이라 그날로 끝이었다. 퇴직금을 받기 위해 노동청을 들락거려야 했다.

현숙은 서울이 지긋지긋했다. 서울에서 멀어져야 할 것 같았다. 마치 아주 오랫동안 서울에서 살아온 것 같았다. 서울 밖으로 도망치려다 실패한 것 같았다. 현숙의 고향이 서울 강서구이고, 현숙이 30년 평생을 서울에서 살았다는 점을 생각하면, 굉장히 이상하고 생경한 감각이었다.

현숙은 서울역에서 KTX 노선을 보다가 어렸을 때 선물 받은 선택 나침반을 돌렸다. 1은 전라선, 2는 경부선, 3은 강릉선이었다. 나침반의 바늘이 2에 멈추었다. 현숙은 경부선을 탔다. 처음에는 부산까지 갈 생각이 없었으나, 처음 듣는 역이 많아 신기한 마음에 살펴보다 보니 어느새 구포역에 왔다.

구포역은 작지만 깨끗했다. 역 주위에는 대형 카페 체인, 편의점, 김밥집 따위의 편의시설이 적당히 들어서 있었다. 낙동강을 따라 조성된 생태공원이 도보 거리에 있었다. 현숙은 공원에 가보았다. 휠체어를 타거나 보행 보조기를 천천히 밀며 산책하는 노인, 개를 데리고 산책하는 보호자, 모자, 토시, 스카프로 중무장하고 경보를 하는 중년 여성들이 제각기 자기 길을 가고 있었다.

공인중개사는 현숙처럼 결혼을 아직 안 한 여자가 안전하게 혼자 살면서 돈을 모았다가, 결혼하면서 신도시 아파트에 들어가면 딱 좋을 거라고 했다. 현숙은 공인중개사의 말을 대강 들어 넘기며 공원을 걷는 사람들을 살펴보았다. 여러 나이대의 사람들이 보이는 점이 마음에 들었다. 현숙은 나이 들어보고 싶다는 생각이 들었다. 마치 아주 오랫동안, 30대를 벗어나지 못한 채 살아온 것 같았다.

현숙은 프리랜서 펫시터 일을 구했다. 과거 광고주 업체가 아니라 그 경쟁사에 펫시터로 등록했다. 동물을 키워본 경험이 전혀 없어서 따로 고양이 여덟 시간, 개 여덟 시간 교육을 받아야 했다. 현숙은 레슨비를 추가로 내고 돌봄 실습 교육도 열두 시간 받았다. 일은 금방 손에 익었고 놀라울 만큼 적성에 맞았다. 반려동물을 키워보아도 좋았겠다는 생각이 들었다.

'내가 왜 동물을 키우지 않았더라? 어머니가 싫어하셨던가?'

현숙은 고양이 초코에게 낚싯대를 흔들어주다 문득 생각했다. 왜 아무것도 키워보지 않았지? 초등학생 때, 아파트 단지 앞 마트의 매대 가득 장수풍뎅이 집 만들기 세트가 쌓여 있는 걸 본 기억이 났다. 중고등학생 때는 개나 고양이를 키우는 친구들도 꽤 있었다. 그러나 현숙은 어떤 생명도 키우지 않았다. 특별한 이유는 없었다. 아버지가 아는 사람이 학습용 곤충 관련 사업을 한다며 장수풍뎅이를 키워보겠느냐고 물어본 적이 있었다. 결국 키우지 않게 된 것은 확실한데, 뭐라고 대답을 했는지 기억나지 않았다.

'어차피 혼자 살 텐데 지금이라도 동물을 입양해볼까.'

이렇게 생각하자마자 서늘한 바람이 심장을 치고 지나가는 것 같았다. 이상한 감각에 손을 가슴에 올리려는데, 펫시터 애플리케이션에서 알람이 왔다. 30분 고양이 돌봄 시간이 끝났다는 알림이었다. 현숙은 고양이 낚싯대를 장난감 상자에 정리해 넣고, 돌봄일지에 넣을 장난감 상자와 초코 사진을 한 장씩 찍었다.

다음은 두부2네 집이었다. 두부2는 하얀 진도믹스였다. 차분하고 꽤 나이가 들었지만, 야무지게 잘 걷는 건강한 개였다. 최근에 두 번 정도 낯선 사람을 보고 짖으며 따라가려고 한 적이 있어 보호자에게 알렸더니 신경 쓰지 않아도 된다며 대수롭잖게 보는 답장이 왔고, 그 뒤로는 또 그런 일 없이 괜찮았다.

현숙은 강바람을 맞으며 천천히 걸었다. 아직 아무것도 시작하지 않았고 아무 일도 일어나지 않은, 마치 이렇게 나이 들어갈 수 있을 것만 같은 평화로운 날이었다.

✤ 작가의 말 ✤

이 책에는 연작 시리즈인 '카두케우스 이야기'에 속하는 단편 9편, 넓은 의미의 디스토피아물 5편을 실었다. '카두케우스 이야기'는 항성 간 초광속 이동 기술을 카두케우스라는 사기업이 독점한 초자본주의 우주를 배경으로 한다. 챕터 '무너진 세상에서 우리는'에서도 〈미정의 상자〉, 〈지도 위의 지희에게〉는 코로나19 대유행을 소재로 제안받아 쓴 글이다.

2020년대 초, SF적인 위기를 동시대에 경험하며 과학소설을 쓴다는 행위의 가치와 내 소설가로서의 역량에 대해 무척 고민했다. 그 고민이 너무 깊어져 슬럼프로 이어지기 전에 다행히 코로나19 대유행의 종식이 선언되었고, 나는 이전보다 조금 더 불확실하고 디스토피아적인 세계에서 여전히 SF를 쓰고 있다. 어떤 위기나 재난도 완전히 해결되지 않고, 세계는 결코 그 이전으로 돌아갈 수 없고, 어떤 상실은 돌이킬 수 없지만, 우리는 결국 더 나은 방향으로 나아간다. 천천히, 망설이고 의심하며, 그러나 확실하게 한 걸음씩. 이 믿음을 말하고 싶었다.

귀한 추천사를 주신 구병모 작가님, 이 책을 오래 기다려준 독자님들께 감사드린다.

2025년 2월
정소연

미정의 상자
정소연 소설집

초판 1쇄 2025년 2월 12일

지은이 정소연

발행인 문태진
본부장 서금선
책임편집 최지인 **래빗홀** 이은지 김수현

기획편집팀 한성수 임은선 임선아 허문선 이준환 송은하 김광연 송현경 이예림 원지연
마케팅팀 김동준 이재성 박병국 문무현 김윤희 김은지 이지현 조용환 전지혜 천윤정
저작권팀 정선주
디자인팀 김현철 손성규
경영지원팀 노강희 윤현성 정헌준 조샘 이지연 조희연 김기현
강연팀 장진항 조은빛 신유리 김수연 송해인

펴낸곳 ㈜인플루엔셜
출판신고 2012년 5월 18일 제300-2012-1043호
주소 (06619) 서울특별시 서초구 서초대로 398 BnK디지털타워 11층
전화 02)720-1034(기획편집) 02)720-1024(마케팅) 02)720-1042(강연섭외)
팩스 02)720-1043
전자우편 books@influential.co.kr
홈페이지 www.influential.co.kr

ISBN 979-11-6834-261-3 (03810)

수록 작품 발표 지면

이사 《창비어린이》(2014년 가을호)

깃발 《언니밖에 없네》(큐큐, 2020)

한 번의 비행 환상문학웹진 거울(2011년 9월)

가을바람 환상문학웹진 거울(2011년 4월)

무심(無心) 《과학잡지 EPI》 6호(2018년 12월)

돌먼지 《과학동아》(2016년 4월호)

비 온 뒤 《이토록 아름다운 세상에서》(현대문학, 2022)

재회 《옆집의 영희 씨》(창비, 2015)

집 《문학3》(2018년 5월)

처음이 아니기를 《아빠의 우주여행》(황금가지, 2010)

미정의 상자 《팬데믹: 여섯 개의 세계》(문학과지성사, 2020)

수진 《오늘의 SF》 #2(2020년 11월)

지도 위의 지희에게 《시사IN》 665호(2020년 6월)

현숙, 지은, 두부 〈문장웹진〉(2023년 11월호)